PRIX : **60 centimes.**

V^{TESSE} NACLA

PAR LE COEUR

PARIS
ERNEST FLAMMARION, ÉDITEUR
26, rue Racine, 26.

310

PAR LE COEUR

A LA MÊME LIBRAIRIE

DU MÊME AUTEUR :

LE BOUDOIR

Conseils d'élégance

Illustrations de Mars

UN VOLUME IN-18 ÉLÉGAMMENT CARTONNÉ

Prix, franco...... 3 fr. 50

ÉMILE COLIN — IMPRIMERIE DE LAGNY

VICOMTESSE NACLA

PAR LE COEUR

PARIS

ERNEST FLAMMARION, ÉDITEUR

26, RUE RACINE, PRÈS L'ODÉON

PAR LE CŒUR

LE SACRIFICE

I

Mariée à dix-sept ans à un homme qui avait près de trois fois son âge, Mme Lubervac était restée veuve de bonne heure.

C'était une femme mince, à la tournure élégante, à la taille souple. Deux bandeaux à la vierge de cheveux noirs encadraient un visage fin, d'un ovale régulier. De grands yeux doux, au regard tranquille, éclairaient sa figure, mais ne l'illuminaient pas. En la voyant, on devinait que son âme n'avait point été battue par la tempête et que son cœur ignorait les orages.

Sa vie, en effet, n'avait pas rencontré les tumultes des passions. Pour elle, le mariage était apparu comme un port, avant d'avoir affronté les vagues de l'océan. Elle avait eu pour celui dont elle portait le nom une affection calme, sans souci comme sans ivresse.

Quand la mort lui enleva son mari, ses yeux avaient pleuré et elle avait cru éprouver un immense chagrin; en fait, elle avait eu un deuil plus apparent que réel, car, sans s'en douter peut-être, elle ne connaissait que le mot de l'amour et n'en avait jamais ressenti la fièvre. Un fils, âgé de douze ans lorsqu'il devint orphelin, était l'unique fruit de son union.

Différent de sa mère, cet enfant était d'une nervosité parfois inquiétante : « Il vibre trop ! » disait souvent le médecin, qui recommandait de le ménager beaucoup.

Malgré cela, — ou plutôt à cause de cela — Mme Lubervac adorait son Jacques. N'ayant plus que des parents éloignés, elle avait concentré ses tendresses sur cette tête si chère. De son côté, son fils avait pour elle une passion véritable et jalouse.

Mais un enfant ne remplit pas l'existence entière d'une jeune femme, et souvent Mme Lubervac avait le sentiment très vif de son isolement. Elle comprenait qu'un appui était utile à une personne de son âge. Et la pensée de se remarier avait quelquefois traversé son esprit, maintenant que le temps avait fait son œuvre d'oubli, depuis trois ans qu'elle était veuve.

Rien, dans le passé, ne lui imposait des

devoirs de fidélité posthume, et, tout en respectant les souvenirs de son printemps, elle ne trouvait dans sa mémoire aucun motif pour renoncer au bonheur que l'avenir pouvait lui apporter encore.

Elle songeait à cela surtout depuis qu'elle avait remarqué l'impression produite par sa grâce sur un officier d'artillerie, le capitaine de Pugerol, dont le regard l'enveloppait tout entière, chaque fois qu'elle le rencontrait, et qui, peu à peu, avait fini par entrer dans le cercle de ses relations habituelles.

Des visites de plus en plus rapprochées lui avaient permis d'apprécier le mérite et les qualités sérieuses de M. de Pugerol ; elle sentait qu'il l'aimait, et, à l'émotion que sa présence lui causait, elle avait compris qu'il faisait plus que lui plaire, qu'elle l'aimait aussi.

Ce jour-là, à cinq heures de l'après-midi, le temps avait de molles langueurs ; depuis une semaine, les arbres en fleurs embaumaient l'air ; et, par la fenêtre ouverte de son salon, Mme Lubervac respirait les senteurs d'avril.

Par un hasard involontaire de part et d'autre, le capitaine était seul, assis en face d'elle. Aucune visite n'était venue troubler leur tête-à-tête. Ils parlaient tout bas, quoique nul ne pût les entendre, et les paroles échappées de leurs cœurs montaient à leurs lèvres.

— Oui, madame, disait le capitaine de sa voix vibrante, dont il contenait la force, vous êtes pour moi celle que chaque homme cherche, la compagne prédestinée pour partager les hasards de l'existence. Depuis longtemps, je vous aime et j'ai formé le doux rêve d'obtenir votre main.

Si je ne vous l'ai pas dit encore, c'est que je redoutais un refus qui me briserait ; j'ai été timide parce que je craignais l'arrêt qui sera la conséquence de notre conversation. Si vous ne m'étiez pas aussi chère, vous auriez déjà entendu mon aveu. Voulez-vous vous confier à mon amour et emplir ma vie de bonheur en consentant à être ma femme ?

Elle l'écoutait, souriante, émue, charmée. Cette musique amoureuse la berçait délicieusement, et quand il lui prit la main pour la porter à ses lèvres, il lui sembla qu'un voile se déchirait devant ses yeux attendris et qu'elle découvrait soudain le riant horizon d'une vie nouvelle. Oui, c'était de la joie qu'elle éprouvait pour la première fois ! C'était la divine communion des âmes. Elle était jeune, elle était belle, elle était aimée... elle aimait !

Dans un mouvement lent et doux, elle se pencha vers celui qui la regardait avec des yeux ardents !

— Ami ! dit-elle simplement.

Et elle lui sourit.

Brusquement, il devint très pâle. Elle acceptait ! Par un geste passionné, il l'attira sur sa poitrine, et ils échangèrent le doux baiser de leurs fiançailles.

Mais un grand cri les réveilla de leur songe : la porte venait de s'ouvrir, et Jacques, à leur vue, était tombé évanoui.

Mme Lubervac s'élança vers son fils, qu'elle s'efforça de ranimer par ses caresses. Ses mains rendues maladroites par l'émotion tâchaient de dénouer les vêtements de l'enfant, mais elle tremblait tellement que le capitaine dut l'aider. Enfin, au bout de quelques minutes, Jacques reprit connaissance.

Ses yeux s'ouvrirent, sourirent à sa mère; mais ils rencontrèrent le visage de M. de Pugerol, et ils prirent aussitôt une expression d'effroi et de haine.

La jeune femme s'en aperçut.

— Je n'ai pas encore, dit-elle au capitaine, le droit de vous associer à mes tristesses. Laissez-moi, je vous prie, veiller seule sur mon fils. Tout danger est passé maintenant, et j'ai besoin de causer avec lui... Demain, nous reprendrons notre entretien... A demain, donc.

Et elle lui tendit affectueusement la main.

Sans discuter son désir, l'officier s'y conforma.

Il sentait, lui aussi, que sa présence était inutile, fâcheuse peut-être, et qu'il valait mieux ne pas assister à l'explication inévitable.

— A demain, madame, répondit-il... et à toujours.

II

Elle l'avait suivi du regard, confiante dans la pensée de le revoir le lendemain.

Mais qui sait le secret de l'avenir, même le plus proche ? Chaque fois que deux personnes se séparent, fût-ce pour peu de temps, elles se sont vues peut-être pour la dernière fois. Le malheur imprévu est là, qui guette sans cesse. On croit se quitter pour un instant, et on s'est éloigné pour toujours.

Dès les premiers mots de sa mère, Jacques l'arrêta par un geste violent qui soulignait l'âpre fermeté d'un langage supérieur à son âge.

— Tu es libre de tes actes, comme de ton cœur, ma mère ; mais je ne saurais partager ta tendresse avec un étranger. Jamais je ne subirai un beau-père. Si tu te remaries, je fuirai ta maison, je me ferai mousse, pis encore peut-être ; mais tu ne me reverras plus !

Il la fixait avec un regard dur, implacable, que rien n'adoucissait, ni les raisonnements, ni les larmes maternelles.

— Choisis ! répétait-il sans cesse.

Puis, tout à coup, cédant à un attendrissement involontaire, il sanglota.

— Ah ! maman, cria-t-il, rappelant les doux souvenirs de son premier âge par ce seul mot ; maman, je t'en supplie, ne te marie pas !

Sa poitrine se soulevait, une pâleur hor-

rible envahissait son visage. Il avait joint
ses mains suppliantes. Madame Lubervac
se sentit vaincue.

— Calme-toi, dit-elle, je ferai ce que tu
me demandes, je te le jure ! Mais tu
m'aimeras bien, n'est-ce pas ? Car je te fais
un grand sacrifice, un sacrifice dont tu es
trop jeune pour mesurer l'étendue.

Jacques se jeta dans ses bras, la pressa
follement contre son cœur ; et ils mêlèrent
longuement leurs pleurs.

Tout était décidé : la femme était morte ;
la mère seule survivait !

Dès qu'elle fut rentrée dans sa chambre,
Mme Lubervac écrivit à M. de Pugerol, avec
des phrases émues, ce qui venait de se
passer ; sa lettre se terminait ainsi :

« Mon ami, — car vous garderez à jamais
ce nom dans mon cœur, — oubliez donc

notre rêve. L'obstacle qui s'est dressé entre nous était impossible à franchir ; mon enfant s'est jeté au travers de notre amour, et s'il avait succombé au chagrin de notre union, son souvenir eût creusé entre nous un abîme que rien n'eût comblé. C'est mon passé qui me défend de vous donner ma vie et d'accepter la vôtre. Reprenez votre liberté ; soyez heureux ; épousez une jeune fille digne de vous ; et pensez parfois à celle qui, solitaire, achèvera son existence avec votre souvenir. »

Elle fit porter cette lettre ; une heure après, la réponse lui parvint.

« J'obéis, madame, écrivait M. de Pugerol, et je n'essaierai pas de vous faire revenir par mes prières sur votre décision ; je ne tenterai même pas de vous parler une der-

nière fois; l'entrevue serait au-dessus de
nos forces. J'en fuis les déchirements, car
je sens votre arrêt irrévocable. Je vais partir
pour une expédition lointaine; vous ne me
verrez plus. Mais je n'accepte pas votre
offre de reprendre ma liberté. Demain,
comme dans dix ans, je vous appartiendrai.
Sur un signe de vous, je reviendrai, et je
ne disposerai pas d'une existence qui est à
vous. Je vous aime. »

En lisant ces mots, Mme Lubervac pleura,
mais elle ne répondit pas; le calice était
bu jusqu'à la lie.

III

Quinze années se sont écoulées. Elles ont
été clémentes à Mme Lubervac, car elles ne

lui ont apporté aucun chagrin. Les jours se sont succédé paisibles.

Jacques a grandi, est devenu un homme ; et sa conduite n'a causé aucun souci à sa mère ; doucement elle a vécu auprès de lui, n'ayant eu d'autre but que son éducation, d'autre bonheur que ses joies.

Aujourd'hui, elle va couronner son œuvre en le mariant avec une jeune fille qui lui plaît, qui se trouve dans toutes les conditions sociales désirables, et elle rêve d'achever de vieillir à ce foyer filial qu'elle aura bâti et dont l'édifice aura été la tâche de sa vie.

Mme Lubervac est encore belle, quoiqu'il ait neigé sur ses cheveux ; ses traits sont demeurés fins ; on dirait, en la voyant, un portrait poudré du dix-huitième siècle descendu de son cadre.

Assise dans un grand fauteuil, elle cause

amicalement avec son fils qui semble radieux à la pensée de son mariage prochain et qui fait des rêves d'azur ; on parle de l'installation du jeune ménage.

— Vois-tu, mère, dit Jacques tout à coup, il faudra que tu viennes dîner chez moi d'une façon régulière, à jour fixe ; c'est la seule manière de se retrouver souvent.

En entendant ces paroles cruelles, la pauvre femme a pâli. Jamais l'idée ne lui était venue de se séparer de son enfant, de celui à qui elle avait tout sacrifié. Elle avait toujours pensé qu'il ne la quitterait point.

Mais sa fierté ne lui permet pas de discuter un arrangement qui la désole ; certaines questions sont résolues dès qu'elles sont posées.

Du moment où son fils ne compte pas la garder auprès de lui, du moment où il s'occupe de constituer son bonheur sans elle, de quel droit chercherait-elle à s'imposer ?

Peut-être a-t-il raison, après tout, ce jeune homme qui ne veut pas de tiers entre celle qui va être sa compagne et lui. Une tendresse maternelle est parfois importune. Puis, chaque génération a ses idées, ses goûts, ses plaisirs ; il ne faut pas espérer allier le présent et le passé.

Mme Lubervac refoule les révoltes qui l'agitent.

Ce fils si cher est logique à l'heure actuelle ; c'est jadis qu'il avait tort avec sa jalousie enfantine.

D'ailleurs, au point de vue des conventions sociales, elle est heureuse mère. Ce jeune homme doit flatter son orgueil. Il a travaillé ; il est honorable ; il sera un chef de famille respecté. Comment se plaindre ?

Allons ! tais-toi, faible cœur qui n'avais pas prévu que l'affection descend vers l'océan de l'avenir et ne remonte pas aux sources du passé !

La mère attristée s'efforce de sourire; elle parle des arrangements intérieurs de l'appartement des futurs époux. Mais sa pensée n'est plus là. Elle retourne en arrière ; elle évoque ce brillant officier qui l'aimait jadis, qu'elle n'a plus revu jamais et dont, de temps à autre, les bruits du monde lui ont appris la carrière éclatante.

Elle sait qu'il ne s'est pas marié. Où est-il maintenant, celui dont elle a gardé la mémoire et qui ne lui a jamais écrit ? Elle a lu récemment qu'il était devenu général et que, sur son épée glorieuse, il avait écrit des faits de guerre.

— Bonsoir, Jacques, dit Mme Lubervac ; je me sens fatiguée.

Elle embrasse son fils et rentre dans sa chambre, car elle a besoin d'être seule. Sur sa table un journal est ouvert. Elle y jette machinalement les yeux.

Soudain, elle pâlit.

Là, à la première page, elle lit avec terreur la nouvelle de la mort du général de Pugerol, tué au Tonkin.

Ses mains tremblent ; un violent soupir s'échappe de sa poitrine.

Elle voit par la pensée l'existence qu'elle n'a pas eue, qu'elle aurait pu avoir, qu'elle a refusée pour cet enfant égoïste et ingrat.

Puis, elle pousse un gémissement qui est un cri d'amour pour ce mort, tombé là-bas, en Asie, loin d'elle !

« PRÉSENTEZ ARMES ! »

I

La nuit allait finir ; et une faible lueur à l'Est annonçait l'approche du jour. Dans le camp, on commençait à se réveiller, mais le réveil était silencieux, car on savait que la bataille serait chaude et chaque homme se demandait s'il n'allait pas voir son dernier lever de soleil. L'heure qui précède un combat sanglant est toujours grave ; à cet instant, il n'y a plus ni vieillards, ni jeunes gens ; tous les hommes ont le même

âge et se sentent aussi voisins de la mort ;
avant l'ivresse de la poudre, ils se re-
cueillent.

Les deux régiments qui constituaient la
brigade du général Mauricier formaient
l'extrême gauche de l'armée. Ils avaient
marché la veille jusqu'à minuit, effectuant
un long mouvement tournant pour tomber
sur le flanc de l'ennemi à un moment
donné. Les soldats étaient fatigués, mais
pleins d'ardeur ; ils avaient compris le rôle
décisif qu'ils devaient jouer pour assurer
la victoire.

Le temps était beau et doux.

Le général avait dormi une heure à
peine. Il était assis sur une chaise de paille,
chauffant ses grandes bottes poudreuses à
un feu de bivouac. Ses aides de camp s'em-
pressaient autour de lui. On sellait les chevaux.

Une journée historique, glorieuse pour la France, était à son aurore.

A cet instant, un jeune sous-lieutenant presque imberbe, éclos de l'Ecole de Saint-Cyr depuis peu de jours, sortit de l'obscurité et apparut dans la lumière du feu de bivouac.

— C'est toi, Jean ! dit le général.

Et il tendit une main affectueuse à son fils.

— Que veux-tu ?

— Mon père, vous embrasser avant qu'on ait pris les armes !

— Ce n'est pas la peine, mon garçon ! répondit le général d'un ton bourru qui cachait mal une nuance d'émotion. Aujourd'hui, je ne suis pas ton père, mais ton général. Je n'ai aucun ordre à te donner : va rejoindre ton régiment.

Le jeune officier rougit légèrement, fit le salut militaire et disparut ; son père le sui-

vit d'un regard tendre pendant quelques
secondes; puis, se tournant vers son chef
d'état-major, un vieux commandant à la
moustache grise :

— Pauvre petit, fit-il, je l'ai mal reçu;
mais ce n'est pas le moment de s'amollir
en faisant du sentiment; ce soir, si nous
sommes encore vivants tous deux, je l'em-
brasserai pour sa mère et pour moi !

Un coup de clairon retentit; on sonnait le
réveil, et lentement les troupes s'alignèrent.

Derrière la brigade se trouvait un bou-
quet de bois où s'était établie l'ambulance :
les régiments se placèrent en ordre de bataille, de façon à offrir le moins de profon-
deur possible aux canons, et on attendit.

Maintenant, il faisait grand jour. On
apercevait les lignes sombres de l'infanterie qui manœuvrait pour prendre ses posi-
tions. Aux rayons obliques du soleil, les

baïonnettes étincelaient. Plus loin, les casques d'une division de cavalerie reluisaient; on voyait les éclairs des sabres.

La voix du canon se fit entendre, et un obus passa en sifflant au-dessus des têtes; puis, un autre tomba à quelques centaines de mètres en avant. L'artillerie ennemie réglait son tir et ses premiers coups isolés servaient à fixer la distance. Peu à peu, les projectiles arrivèrent avec plus de précision; l'un d'eux éclata au milieu des rangs français; trois hommes tombèrent, et la terre but son premier sang.

Immobile sur son cheval qui dressait les oreilles, le général interrogeait l'horizon avec sa lorgnette, attendant le signal convenu pour se lancer en avant. Sa haute silhouette se détachait au milieu de la vaste plaine. Il paraissait si calme, si confiant que les petits soldats étaient réconfortés en le regardant ; tous avaient les yeux fixés sur lui, car ils sentaient instinctivement que leurs existences se trouvaient liées, en cet instant, par un lien mystérieux à celle de leur chef.

Au bruit fait par l'obus tombant au milieu de ses troupes, le général avait tourné la tête.

— Allez dire aux colonels, cria-t-il à un aide de camp, de faire coucher leurs hommes par terre ; ils seront moins exposés aux boulets.

L'officier partit au galop pour faire exécuter cet ordre.

II

Le courage dans l'immobilité est le plus rare de tous, surtout pour des Français.

Lorsqu'on se lance en avant, emporté par l'ivresse de la bataille, on n'aperçoit plus le fantôme de la mort qui plane au-dessus des armées en présence ; la course furieuse vers l'ennemi supprime cette passion de vivre qui grandit dans le cœur humain, à mesure que le danger augmente ; au repos, au contraire, voyant autour de soi des blessés, l'énergie fléchit ; on frémit en entendant siffler les balles, et il faut déployer toute sa force d'âme pour attendre sans bouger l'inconnu redoutable d'un avenir qui n'a peut-être plus qu'une durée de quelques secondes.

Au commandement, les soldats se couchèrent en se tapissant presque dans les sillons laissés par la charrue ; ils se faisaient petits, soulevant à peine la tête pour tâcher de voir au loin.

Ceux d'entre eux qui appartenaient à des

familles de cultivateurs trouvaient une
sorte d'apaisement en sentant de près
l'âcre odeur de la terre fraîchement re-
muée ; ils se revoyaient labourant leurs
champs, et leur pensée attendrie retournait
à l'humble village qu'ils avaient quitté sans
savoir s'ils le reverraient jamais.

Les officiers étaient restés debout, voulant donner à leurs hommes l'exemple de
leur attitude calme ; devant chaque compagnie, le capitaine, le lieutenant et le
sous-lieutenant se promenaient d'un pas
lent mais ferme.

Parfois, ils s'arrêtaient et, de la pointe de
leur sabre, ils faisaient courir au loin
quelques pierres ; ils étaient graves et
dignes, se sentant regardés, pénétrés de
leurs devoirs militaires, ayant le cœur
haut, et fiers de risquer leur existence pour
la France.

Le général épiait toujours le signal qu'il attendait pour lancer la brigade en avant.

Avec sa longue-vue, il suivait les péripéties du combat qui se livrait dans une petite ferme située à peu de distance.

Une colonne d'assaut française s'efforçait d'enlever à l'ennemi cette maison qui était défendue avec la fureur du désespoir. Des grappes d'hommes, montés sur des échelles, voulaient escalader un mur qui avait été crénelé et qui, par ses embrasures, vomissait la mitraille. C'est à cette conquête, en effet, que sur ce point se résumait l'arrêt de la fortune. Tant de luttes diplomatiques avant la guerre, tant de préparatifs militaires, tant de transports de soldats et de canons, tant d'efforts intellectuels et matériels aboutissaient à cette question : un mur sera-t-il franchi ou ne le sera-t-il pas ?

L'humble maçon, dont la main incons-

ciente avait bâti cette clôture d'une ferme,
ne se doutait guère que son ouvrage vulgaire tiendrait une place dans l'histoire de
deux peuples et que sa truelle d'ouvrier
était un des instruments servant à fixer les
destinées du monde !...

Tout à coup, le général fit un geste ; il
venait de distinguer le signal convenu.

— Debout ! cria-t-il.

Et il regarda ses deux régiments qui se
dressaient à l'appel de sa voix.

Enfin ! on allait faire parler la poudre !

Les soldats s'excitaient à cette idée ; ils
avaient hâte de prendre le pas de charge.

Le général Mauricier jeta les yeux vers le
point où il savait qu'était son fils, pour s'assurer qu'il n'était point blessé.

Il l'aperçut, tenant son épée, l'air radieux, savourant les espérances de la gloire,
— et il fut orgueilleux de cet enfant qui

portait son nom et qu'il sentait le légitime héritier de ses épaulettes.

Avec cette rapidité de la pensée, qui revoit en une seconde tout le passé défilant devant elle, le général revécut sa jeunesse. Il retrouva le cortège riant des années de son printemps. Il distingua dans la brume de ses souvenirs le berceau de ce fils si aimé, et il sentit une bouffée chaude de tendresse infinie.

Sa bouche s'ouvrait pour commander : « En avant ! », lorsque ses yeux dirigés sur le sous-lieutenant demeurèrent fixes d'horreur.

Un boulet de canon venait de fracasser les deux jambes du jeune officier, qui tomba mourant sans pousser un cri.

Muet, le général assistait à cet horrible spectacle ; il voyait mourir son fils, sans pouvoir même se précipiter pour l'embrasser encore une fois, car six mille hommes demandaient à la fierté de sa contenance leur propre valeur.

De grosses larmes coulaient sur les joues du vieux soldat, seule marque extérieure imposée par la faiblesse du père au stoïcisme du chef.

Deux infirmiers s'étaient précipités pour emporter le mourant ; le père contemplait sans bouger le lugubre spectacle.

Lorsque le funèbre cortège passa près de lui, le général se découvrit devant le sous-lieutenant ; puis, d'un accent terrible, qui n'avait rien d'humain :

— Faites présenter les armes ! cria-t-il.

— Présentez armes ! répétèrent les colonels.

Et la brigade entière rendit au jeune officier expirant le suprême honneur dû à son grade.

Celui qui allait mourir pour sa patrie reçut d'elle le plus solennel salut.

Alors, se redressant sur ses étriers, ivre de douleur et de sang, le général poussa, comme une sorte de rugissement, le cri de :

— En avant !... à la baïonnette !

Et la brigade enthousiasmée se lança vers l'ennemi.

LOURD SECRET

I

L'enseigne de vaisseau Georges Roquebrune suivait d'un pas rapide la rue qui
le conduisait au quai où l'attendait son
canot.

Quoique le temps fût beau et qu'un soleil
radieux éclairât la ville du Cap de Bonne-
Espérance, son regard de marin avait remarqué sur la montagne de « la Table »,
qui domine la baie, de petits nuages frisés,
ressemblant à une perruque blanche, et il

savait que ce pronostic indiquait qu'une tempête allait souffler. Il se hâtait donc. Son embarcation était la dernière qui communiquât avec la terre avant l'appareillage de la frégate *la Pallas*, sur laquelle il était embarqué.

Mais bien que pressant son allure, le jeune officier regardait avec une vague tristesse ces lieux qu'il allait quitter et qu'il ne reverrait peut-être pas. Sa profession ne l'avait point encore blasé sur les impressions du départ. Il se disait qu'un lambeau de sa jeunesse demeurait là où il avait passé, et il saluait par la pensée ce coin du monde où l'avait conduit le hasard de sa vie aventureuse et où l'avenir ne le ramènerait probablement jamais.

La Pallas était une ancienne frégate à voiles, déjà démodée à cette époque comme instrument de combat, et dont on utilisait

la vieillesse en lui faisant faire le tour du
monde pour le ravitaillement de nos colo-
nies lointaines. Son voyage durait dix mois
environ. Il y en avait huit d'écoulés ce
jour-là, le 20 février 1862, depuis qu'elle
avait quitté la France.

Roquebrune arrivait au bord de la mer
et allait sauter dans son embarcation,
quand il s'entendit appeler : il se retourna
et se trouva en face du chancelier du con-
sulat de France.

— Je vous ai aperçu, fit ce dernier, et j'ai
couru pour vous serrer encore une fois la
main ; est-ce que vous partez aujourd'hui ?

— Oui, dans quelques instants, répondit
le marin. On n'attend que mon retour à
bord pour appareiller. Dans une heure,
nous serons au large.

Les deux hommes échangèrent quelques
banales paroles d'adieu, quelques vœux

vagues de bon voyage et de bonne santé,
menue monnaie des relations mondaines,
fausse monnaie des sentiments vrais, au
moyen de laquelle on cache la parfaite indifférence.

— Et votre pauvre ami, Henri de Saint-
Dié, dit le chancelier, comment a-t-il sup-
porté le coup qui le frappe?

Roquebrune pâlit.

Henri de Saint-Dié, son collègue à bord,
son camarade d'enfance et de promotion,
était pour lui plus qu'un frère; les liens
qui unissaient leurs deux cœurs n'étaient
pas dus à leur naissance, mais à leur libre
volonté. Ils s'aimaient d'une affection et
d'une tendresse confiantes, parce qu'il leur
était doux de s'aimer ainsi. Confidents mu-
tuels de leurs espérances, ils se reposaient
l'un sur l'autre dans cette fraternité de leur
choix.

— Qu'y a-t-il donc? s'écria Georges Roquebrune... Je ne sais rien !

— Comment! reprit le chancelier, vous
ignorez la mort subite de la jeune femme
de M. Henri de Saint-Dié? La malheureuse,
à la suite de couches, a succombé à une
embolie. L'enfant n'a pas vécu non plus.

— Mon Dieu! quelle catastrophe !

Et de grosses larmes remplirent les yeux
du jeune officier.

— Mais, fit le chancelier, vous n'avez
donc pas reçu de lettres de France?

— Non. Notre traversée, facilitée par de
grands vents favorables, a été rapide. Nous
avons relâché ici trois semaines plus tôt
que nous ne le supposions, et notre corres-
pondance arrivera après notre départ.

— Vraiment, je suis désolé d'avoir été le
messager d'une si terrible nouvelle ! On
m'annonce cette mort dans une lettre que

je viens de recevoir de Toulon. La brusque
fin de Mme de Saint-Dié y a causé, paraît-il,
une émotion véritable.

— Pauvre, pauvre Henri! s'écria Roquebrune; lui si heureux de vivre, si bercé de
riantes pensées, que va-t-il devenir?

Le chancelier ne répondit rien : que répondre, en effet, que dire en face d'un tel
deuil, brisant une existence à son aurore et
remplaçant par des cyprès les roses de
jeunes amours!

— Allons, adieu! dit le marin.

Et serrant une dernière fois la main de
son interlocuteur, il prit place dans son
canot.

— Poussez, ordonna-t-il au patron, et
allez à bord!

Le sous-officier commanda au sifflet;
les avirons tombèrent dans l'eau, la fendi-
rent en cadence; le pavillon tricolore fut

déployé à l'arrière, image de la patrie ab-
sente; et Roquebrune jeta un dernier regard sur cette ville, dont le souvenir resterait inséparable dans sa mémoire d'un
cruel déchirement de son cœur.

II

Fallait-il laisser dans sa douce ignorance
celui que la main cruelle de la Destinée
frappait ainsi? ou valait-il mieux le préparer lentement à l'effroyable vérité?

Le jeune homme écoutait les tumultes de
sa pensée, mais il ne réussissait pas à entendre le conseil de son cœur, et il se débat-
tait encore dans ses sombres réflexions
lorsqu'il arriva à son bord.

Au haut de l'échelle, il fut reçu, avec
le cérémonial habituel des vaisseaux de

guerre, par l'officier de quart, qui se trouvait précisément être Henri de Saint-Dié ; le factionnaire porta les armes et le sifflet du maître de service rendit les honneurs réglementaires.

Henri de Saint-Dié paraissait radieux. Le départ imminent de la *Pallas* le comblait de joie. A partir de l'appareillage, chaque mille parcouru allait le rapprocher de France ; le vent, enflant les voiles du vaisseau, le ramènerait vers la bien-aimée.

— Regarde donc, Georges ! dit-il gaîment : cette montagne qui suit celle de « la Table » représente la silhouette de Louis XVI ; vois-tu son nez bourbonien ?

Roquebrune s'efforça de sourire de cette remarque que font tous les marins au mouillage du Cap, car l'image du roi décapité est, en effet, reproduite par la chaîne montagneuse qui domine la rade ; mais sa voix était étranglée par l'émotion, et il ne répondit pas.

Sous le prétexte de se préparer à prendre la mer, il descendit rapidement dans sa chambre.

Il avait besoin de se recueillir dans la solitude et dans le silence pour redevenir maître de sa décision, car son affection profonde ne voulait rien livrer à l'entraînement d'une conversation.

Quand il remonta sur le pont, la frégate avait franchi les passes et fendait les lames de la haute mer, emportant ses marins vers l'Europe.

Le parti de Roquebrune était pris : il ne dirait rien ! Ce n'est pas de sa bouche que son ami apprendrait que l'inflexible mort avait désolé son jeune foyer et couché dans le même cercueil les joies et les espérances de sa vie. Il garderait son lourd secret.

III

Ah! la cruelle chose que la distance!
Comme elle fait sentir la faiblesse de
l'homme! Comme elle donne le sentiment
de l'impuissance. Rien! on ne peut rien
pour la supprimer! rien pour être auprès
de ceux que l'on adore, et qui ont besoin
de vous! Il faut attendre que le chemin ait
été parcouru; il faut laisser ronger son
cœur par l'angoisse, sans pouvoir devancer
l'heure du retour.

Hélas! quand on est séparé par les océans,
quand on se trouve à l'autre bout du monde,
les nouvelles même ne parviennent que
lorsqu'elles sont presque oubliées en
France, et on commence à pleurer au mo-

ment où, dans la patrie, les larmes sont
déjà séchées.

Henri de Saint-Dié n'avait pas ces noirs
pressentiments. N'ayant jamais été flagellé
par le malheur, il croyait aux riantes promesses du lendemain. Il dormait son rêve
étoilé, sans penser au réveil.

Dans quelques semaines, il serait à Brest.
Là, il trouverait des lettres de sa femme;
là, il apprendrait la naissance de son
enfant. Il obtiendrait une permission; il
accourrait à Toulon; il y savourerait les
ivresses de l'amour partagé et les sourires
de son premier-né...

Confident de ces chères pensées, Roquebrune écoutait tristement son ami. Il eût
voulu le fuir, éviter des entretiens qui le
désolaient; mais, dans l'étroite prison d'un
vaisseau, nul captif des flots ne peut s'é-
carter de ses compagnons. Il subissait donc

le récit sans cesse répété de projets qui ne devaient jamais se réaliser; il écoutait l'éternelle chanson de l'amour, quoiqu'il sût que la femme dont Henri de Saint-Dié lui parlait n'en entendrait jamais le refrain.

— Que tu es sombre, Georges! lui disait parfois son ami. Tu devrais te marier, comme moi. C'est dans le mariage qu'est le bonheur. Toi, tu n'as point hâte d'arriver, parce rien ne t'attire au port; moi, je suis ivre d'avance en pensant à ma rentrée dans la maison où la femme aimée attend mon retour.

Devant cette confiance aveugle, Roquebrune avait parfois des remords. Cette joie lui faisait mal. Il lui semblait qu'il s'associait à une profanation, comme s'il assistait à une fête joyeuse à quelques pas d'un cercueil.

Il se taisait, cependant.

La terrible nouvelle pouvait n'être pas vraie, après tout! Le chancelier lui avait parlé d'une lettre, mais qui l'avait écrite? Quelle foi fallait-il attacher à un correspondant dont il ignorait même le nom?

Parfois, le jeune officier se cramponnait à cette chimère, quoique sa raison lui en fît apparaître le néant.

... Les jours succédaient aux jours.

Les mers tropicales sont franchies; voici les sombres côtes de Bretagne; voici les écueils redoutables du Finistère, gardiens jaloux et terribles des rivages de France.

La *Pallas* les a évités. Elle est maintenant en rade de Brest. Elle jette l'ancre.

Salut à la patrie, à la terre des aïeux, à la terre des enfants!... salut à la chère France!...

Le canot qui va chercher à la Santé la « libre pratique » est parti du bord. Il rapportera l'autorisation de communiquer avec la ville, car aucune quarantaine n'est à redouter. Il rapportera aussi les lettres attendues avec impatience par chacun.

Voici le moment épouvantable!

Roquebrune est auprès de son ami ; il veut se trouver à ses côtés quand lui parviendra l'effroyable nouvelle!

L'embarcation sort du port. Elle accoste. Le vaguemestre distribue le courrier.

Henri de Saint-Dié parcourt les adresses d'un regard fébrile. Aucune n'est de l'écriture de sa femme. Soudain, il pâlit, ouvre une lettre, et un grand cri s'échappe de sa poitrine.

Il sait tout !...

Georges le soutient, le fait asseoir. Des flots de larmes s'échappent des yeux du malheureux. Il sanglote éperdument, pendant que son ami, lui tenant les mains, sent couler ses propres pleurs.

Et, alors, devant ce désespoir qui durera, en face de cet infortuné dont la jeunesse vient de finir tout à coup, dont le temps pourra guérir la plaie, mais qui gardera au cœur une cicatrice ineffaçable, Roquebrune s'applaudit de son silence.

Une vie humaine compte peu de jours de félicité; le Destin donne peu d'heures douces au souvenir.

— J'ai été plus clément pour lui que la Providence, pense-t-il, car je lui ai conservé deux mois de bonheur qu'elle ne lui avait pas accordés!

ÉVASION

L'homme était cramponné à la chaîne de l'ancre, presque au niveau de l'eau qui effleurait ses pieds.

La nuit était sombre, et l'obscurité ne permettait pas de le distinguer, collé contre la muraille du ponton qui, sur la rade de Cayenne, servait de prison aux forçats.

Il relevait ses jambes le plus possible, car il n'ignorait pas que la mer était pleine de requins, et, là, suspendu au-dessus des vagues, retenant son souffle, il attendait qu'on s'aperçût de son évasion.

Tout à coup, il entendit du bruit sur le pont du vieux vaisseau devenu bagne après avoir promené sur les océans le pavillon de la France. Au-dessus de sa tête, on courait, des lumières se montraient aux sabords; puis, un coup de canon retentit, annonçant la fuite d'un galérien.

Et, presque simultanément, plusieurs embarcations furent mises à la mer.

Le malheureux se sentit perdu; en faisant leur ronde, les canots l'apercevraient.

Il prit alors son parti, se laissa glisser dans l'eau, le long de la chaîne, de façon à ce que sa tête seule surnageât, et, devenu presque invisible, simple point noir dans la mer, il affronta l'effroyable péril, se demandant s'il ne vivait pas les dernières secondes de sa vie et s'attendant à chaque instant à être déchiré par un des monstres marins qui pullulent sur les côtes de la Guyane.

Mais son heure n'était pas venue ; et le destin lui accordait encore un avenir.

Nul ne le distingua ; il ne devint la proie d'aucun requin ; et, au bout de quelque temps, il put écouter le bruit que faisaient les marins en rchissant les canots revenus sans avoir rien trouvé.

Sans doute on le croyait mort, — noyé ou dévoré par les squales, — et une ligne de procès-verbal sur le journal du bord allait enregistrer le décès du numéro 735.

Il vivait, pourtant, et l'espoir du salut s'emparait de son âme.

Avec une énergie sauvage, il nagea vers le rivage, réussit à monter dans l'embarcation d'un pêcheur, coupa avec un couteau la corde qui le retenait au quai et, se laissant dériver sans bruit, il regarda où le portait le courant.

Sa joie fut extrême en voyant que le flot

le poussait lentement vers le large : s'il pouvait s'éloigner de quelques centaines de mètres, il hisserait une voile et fuirait cette terre maudite.

La fortune continua à lui être propice. Peu à peu, les silhouettes des navires au mouillage s'estompèrent dans la nuit ; petit à petit, les voix des factionnaires, se criant : « Bon quart ! » devinrent moins distinctes. Et avant que le jour parût, il put déployer une voile et faire route vent arrière vers l'immensité de l'Océan.

Mais il était sans vivres, sans eau douce, sans abri contre le terrible soleil de la zone torride ! Allait-il expirer de faim et de soif ? Allait-il succomber à une insolation ?

S'il ne découvrait pas, à bref délai, un bâtiment qui le recueillît, sa mort lente était certaine, inévitable. Il le savait. Mais sa volonté demeura ferme au-dessus de toute hésitation. Au moins, il mourrait libre, captif des seuls flots, n'ayant plus pour geôlière que la toute-puissante nature!

Deux jours se passèrent ainsi.

Ses forces s'épuisaient. Il ne disputait plus sa misérable existence à la mort libératrice. Dans un dernier effort, il jeta autour de lui un regard désespéré et n'apercevant rien, rien que des vagues et encore des vagues, il retomba épuisé au fond de la barque, qui allait être son cercueil.

Il était là, sans connaissance, lorsque la vigie du trois-mâts, *France-et-Brésil*, du port du Havre, — capitaine Lecoutreux, — avertit qu'il voyait un bateau de pêche désemparé.

Aussitôt, on mit le cap sur cette épave, et, en approchant, on distingua un homme étendu dans le fond, qui semblait sans vie.

Un canot alla le recueillir et le rapporta évanoui.

Au moment où on hissait à bord l'infortuné, le capitaine Lecoutreux s'approcha et, en distinguant le visage du naufragé, il devint lui-même aussi pâle qu'un mort.

Il eut de la peine à réprimer un cri.

— Qu'on porte cet homme dans ma cabine, commanda-t-il, et quand il aura repris connaissance, qu'on me prévienne !

Puis, se tournant vers son second, il ajouta simplement, maîtrisant son émotion :

— Faites remettre en route !

Et le commandant du *France et-Brésil*, dont le regard avait pris une expression de dureté, se pencha sur le bastingage et regarda devant lui, avec des yeux fixes, qui semblaient apercevoir des choses effroyables et lointaines, le spectre d'un passé terrible.

Il était plongé dans ses réflexions, écoutant les tumultes de son cœur, interrogeant sa conscience, lorsque la voix d'un matelot le fit tressaillir; on lui annonçait que le naufragé avait repris connaissance et se trouvait en état d'être interrogé.

D'un pas saccadé, automatique presque, M. Lecoutreux se dirigea silencieusement vers sa cabine; il en ouvrit brusquement la porte qu'il referma avec soin, et regardant l'homme bien en face, dominant les tremblements de sa voix :

— Me reconnaissez-vous? demanda-t-il.

Le naufragé venait de supporter d'excessives épreuves physiques, mais elles n'avaient pas atteint son énergie morale.

Malgré les hontes qu'il avait subies, malgré les colères qu'il avait accumulées au bagne, il n'était pas tombé, comme tant d'autres, dans l'avilissement; ce misérable avait encore une âme d'homme.

En entendant le capitaine, il se redressa, et, debout, les yeux hagards, il regarda.

— Me reconnaissez-vous, assassin de mon frère ? répéta le commandant.

Le forçat tremblait convulsivement.

Lui qui venait de risquer ses jours pour s'affranchir, lui qui se croyait au-dessus de toute crainte, il était, soudain, épouvanté à la vue du frère de sa victime.

Il lui semblait qu'il allait revoir le cadavre ensanglanté.

Enfin, de sa gorge étranglée par l'émotion, sortirent ces mots :

— Je n'ai donc pas assez expié, puisque la fatalité me livre à vous !

Le commandant reprit d'un accent farouche :

— Oui, vous êtes en mon pouvoir ! Vous pensiez avoir échappé au bagne, et je vous trouve sur mon passage ! Il ne dépend que de ma volonté de refaire de vous un forçat, de vous livrer aux châtiments des gardes-chiourmes.

L'homme se fit suppliant.

— Monsieur, dit-il, soyez généreux : en échange de la vie de votre frère, prenez la mienne, mais que je meure sans chaîne, que je meure hors des galères, et que la mer, me recevant dans son sein, couvre à jamais de ses vagues le malheureux que je suis.

— Vous tuer, moi ?... Allons donc ! s'écria le commandant... Je ne suis pas un assassin, je ne souillerai pas mes mains de votre sang, je ne chargerai pas ma conscience de votre punition... La Justice a prononcé votre arrêt : je le ferai exécuter, voilà tout !

— Eh bien ! je me tuerai moi-même ! s'écria le forçat. Je me suis juré que le bagne ne me saisirait pas de nouveau. Vous lui rendrez mon corps, si vous voulez !

Et s'emparant d'un revolver chargé qui était sur le bureau de la cabine, l'homme en appliqua le canon sur sa tempe.

Mais avant qu'il eût eu le temps de tirer, le commandant lui arracha l'arme des mains.

Alors, tous deux se regardèrent jusqu'au fond des yeux, comme pour voir dans leur âme.

— Vous avez donc bien souffert ? fit le capitaine d'un accent changé, moins âpre.

— Oh ! oui !... horriblement !... Et je ne vous parle que des douleurs physiques ; je vous tais les remords qui assiègent mon sommeil... Sans doute, j'ai commis un grand crime ; mais vous savez bien que la jalousie seule avait armé mon bras, vous savez bien que je ne suis pas un malfaiteur

vulgaire, vous savez que la Justice m'a
excusé en partie, puisqu'elle ne m'a pas
envoyé à l'échafaud !..,

Un silence se fit ; l'homme reprit :

— L'échafaud !... que de fois j'ai regretté
de n'avoir pas été condamné à mort ! que
de fois j'ai envié le sort de ceux qui reposent dans l'éternelle nuit !

Le commandant l'écoutait avec surprise ;
il sentait naître dans son esprit une indé-
cision.

Tout à coup, il se produisit comme un éclair
dans l'obscurité de son cerveau : la rentrée
du malheureux au bagne lui apparut, et la
pensée de le jeter pantelant sous les bâtons
des gardes-chiourmes lui fit horreur.

Après un suprême effort sur lui-même,
il dit :

— Je vous hais, vous qui avez frappé
mon frère, vous qui avez condamné ma

mère au deuil et aux larmes, et je vous jure
bien que si je vous avais rencontré à terre,
j'aurais tout fait pour vous livrer. Mais je
suis marin et j'ai le respect de mes devoirs
envers les naufragés. La mer, qui dispose
sans cesse de ma vie, vous a donné à moi :
je ne me reconnais pas le droit de vous repousser. A la première escale, je vous ferai
débarquer. Si, de leur tombe, les morts
nous voient, j'espère que votre victime
m'approuvera ! Et si je me trompe, que
mon frère me pardonne et que Dieu me
juge !

NOEL EN MER

I

Le 24 décembre 1890, à bord du transatlantique français *Bragance*, le dîner des
passagers touchait à sa fin. Par les écoutilles,
on apercevait le ciel étoilé, et un air doux
descendait sur la table chargée de mets. La
chaleur était tempérée par une légère brise
qui apportait les parfums tropicaux de la
terre prochaine. D'après les calculs nauti-
ques, on devait apercevoir d'un moment à
l'autre les phares du Brésil et jeter l'ancre

pendant la nuit dans la rade de Rio-de-Janeiro.

Chassée du salon commun par l'importune gaieté de ses compagnons de voyage, une jeune femme en deuil était montée sur la dunette et avait pris place, tout à fait à l'arrière, dans un grand fauteuil en osier.

Au-dessus de sa tête, elle voyait l'admirable firmament de la zone torride. Pas un nuage n'assombrissait le ciel. Dans la direction du Midi, on apercevait l'étincelante constellation de la Croix-du-Sud, inconnue des Européens, et qui semble marquer en caractères de diamants l'éternel souvenir du Golgotha.

Une ligne blanche d'écume indiquait dans la mer le sillon creusé par l'hélice, et on voyait, sur la passerelle, la silhouette de l'officier de « quart », qui se promenait d'un pas égal, interrogeant sans cesse l'horizon.

La jeune femme pensait. Elle revivait les heures de son existence encore courte, et si remplie de larmes, pourtant ! Elle penchait son âme sur la mémoire d'un fils qu'elle avait perdu ; veuve, elle évoquait la tombe qui contenait tout son passé, l'époux et l'enfant, envolés tous deux dans la mort.

Qu'allait-elle devenir dans ce Brésil où l'appelait le règlement de la succession d'une parente, et où elle ne connaissait personne ? Que ferait-elle, plus tard, en France, de sa richesse ? La patrie est le pays où l'on aime, et tout ce qu'elle aimait avait disparu...

Cependant, le bruit joyeux d'une fête montait jusqu'à elle des profondeurs du navire ; des éclats de rire, des voix confuses s'échappaient des claires-voies ouvertes ; les bouchons des bouteilles de Champagne sautaient, et le son d'un piano troublait par ses airs de danse les mystères de la nuit.

En bas, on avait calculé qu'il était minuit en France, et on avait tenu à célébrer la Noël, à faire le « réveillon » au moment précis où il avait lieu dans notre pays. La pensée que la traversée touchait à sa fin augmentait le laisser-aller des conversations. Ceux que le hasard avait réunis sur le même navire, et qui avaient vécu dans la grande intimité du bord, allaient se quitter pour toujours peut-être. On pouvait être familier impunément, sans craindre de créer des liens de société gênants, et on en profitait.

Un jeune homme avait proposé de danser, et un escadron de valseurs et de valseuses s'était formé aussitôt, tandis que, dans un coin, à une petite table, deux Anglais, atteints de spleen, buvaient gravement une boisson effroyablement pimentée.

Les grosses dames elles-mêmes étaient entraînées dans cette exubérance de joie et s'associaient à ce bal improvisé. On parlait très haut, on riait très fort. Un fils de la libre Amérique, évoquant des souvenirs parisiens, ébauchait les pas d'un quadrille orageux et levait la jambe lourdement, sans grâce.

Pour ces dernières heures, avant d'apercevoir la terre du Brésil, chacun oubliait ses soucis, ses préoccupations, ses espérances ; on se grisait à l'idée de poser le pied sur le sol ferme, et la fumée de cette joie montai par bouffées jusque sur le pont silencieux et noir, où la dame en deuil demeurait immobile.

II

A l'avant du paquebot, presque sur le
beaupré, un vieux marin et un mousse
causaient.

Le matelot, au teint basané par tous les
océans, et l'enfant au visage encore rose,
que la mer n'avait pas eu le temps de bru-
nir, parlaient du pays, de cette Bretagne
qui les avait vus naître tous deux, et où ils
rêvaient d'aller se reposer après le labeur
accompli.

Eux aussi pensaient qu'en ce moment,
dans un village de la vieille Armorique, on
fêtait la nuit de Noël. Ils revoyaient dans
leurs souvenirs les toits couverts de neige,
le chemin aux ornières profondes durcies
par le froid, le petit étang glacé. Et ils com-

paraient l'âpre climat breton aux molles langueurs des Tropiques.

L'homme évoquait la mémoire d'un « réveillon » de la vingtième année, alors qu'entre deux campagnes aux Indes, il avait passé l'hiver en France. Cette année-là, il avait fait la connaissance de celle qu'il avait épousée et qui, entourée d'enfants, lui gardait l'humble foyer où il achèverait de vieillir. Que se passait-il, à cet instant précis, dans sa modeste demeure ? Son cœur y courait et il envoyait sa tendresse aux siens.

L'enfant, lui, se rappelait le déchirement de son âme lorsque, devenu orphelin, il avait dû s'embarquer pour gagner son pain quotidien, pauvre petit oiseau battu par la tempête de la vie, avant d'avoir la force de la supporter ! Rien ne le ramenait au hameau qui avait porté son berceau, sauf le

souvenir du cimetière où dormaient son
père et sa mère. Comme ils devaient avoir
froid dans la tombe par cette nuit de décembre, tandis qu'il respirait l'air tiède des
côtes brésiliennes !

La traversée, — la première pour le petit
mousse, — allait se terminer ; il en voyait
arriver la fin avec tristesse, parce qu'une
passagère avait été bonne pour lui, — celle-
là précisément qui était assise à l'arrière :
souvent elle lui avait parlé, s'informant de
son isolement, s'intéressant à son langage
naïf.

Un jour même, — il s'en souvenait, —
elle avait touché de sa main blanche sa
rude chevelure de petit sauvage, et des
larmes lui étaient venues aux yeux à cette
caresse maternelle qu'il avait connue jadis,
et qu'il ne devait plus connaître !

Dans son ignorance enfantine, il n'avait

pas deviné que cette mère, veuve de toutes
ses tendresses, évoquait en lui son propre
fils.

III

Cependant, le paquebot filait rapidement ;
soudain, une voix, de la mâture, cria qu'on
apercevait un phare.

Pour le voir, le mousse curieux se lança
dans les haubans avec l'étourderie de son
âge ; mais le pied lui manqua, il glissa,
essaya en vain de se raccrocher aux flancs
lisses du navire, et disparut dans l'eau en
poussant un cri terrible.

— Un homme à la mer ! hurla le vieux
matelot d'une voix formidable.

Et il répéta dans un cri d'angoisse :

— Un homme à la mer !

La clameur lugubre se répercuta sur le navire tout entier :

— Un homme à la mer !

Et chacun sentit le frisson de la mort passer dans l'air. Le pont se couvrit de monde : passagers, marins, serviteurs, tous s'étaient élancés pour voir. Et des centaines d'yeux plongeaient dans l'obscurité pour tâcher de découvrir l'infortuné, qui achevait peut-être sa vie en cet instant.

D'un bond, le commandant s'était précipité hors du salon et il avait donné l'ordre de stopper la machine et de mettre à la mer un canot de sauvetage.

Avec une rapidité qu'expliquaient la connaissance du danger couru et la pensée de la solidarité entre marins, l'embarcation toucha les flots et s'éloigna rapidement du bord, cherchant, dans l'immensité des va-

gues, ce point presque invisible qui était
une tête.

Sur *le Bragance* l'angoisse était grande ;
on attendait presque sans espoir.

— Qui donc est tombé ? demanda le capitaine.

— Yvon, le mousse, répondit une voix,
celle du vieux matelot.

— Pauvre petit ! pensaient les passagers.

La dame en deuil ne disait rien ; mais,
debout, frémissante, elle serrait d'une main
nerveuse son fauteuil ; et, dans un accès de
sensibilité subite, elle eut au cœur une invasion de tendresse imprévue pour cet enfant, qui mourait sans doute.

A ce moment, déchirant les ombres de la
nuit, l'embarcation revenait vers le navire.
Son prompt retour donnait l'espérance.
Puisqu'il rentrait si vite, c'est que le canot
n'avait pas échoué dans sa tentative de salut.

— Il est sauvé ! cria un matelot, dès qu'il fut assez près pour se faire entendre.

Cette nouvelle remua tous les cœurs d'une joie véritable : il y a de ces minutes où la bonté humaine est générale, et l'émotion contagieuse.

Encore quelques instants et le canot accostait. L'enfant vivait, mais il était évanoui, et sa petite figure pâle offrait l'image de la mort qui venait de l'effleurer de son aile. Un marin le portait et le déposa avec précaution. Sa tête blonde penchait en arrière, et son bras gauche retombait inerte.

Dans un élan du cœur, la passagère en deuil s'était approchée et cherchait à le ranimer ; de ses mains blanches et délicates, elle tâchait de réchauffer son visage, et elle s'était courbée si près que son souffle l'effleurait.

Alors, l'enfant ouvrit les yeux et, d'une

voix faible, il prononça ce doux mot instinctif :

— Maman !

La jeune femme se redressa vivement,
comme frappée au cœur.

Puis, une résolution se fit en elle, à la
pensée que les flots avaient rendu ce petit
malheureux à la vie et le lui offraient pour
sa nuit de Noël.

D'un geste doux, elle écarta tout le
monde, s'agenouillant près du mousse, et
elle l'embrassa fiévreusement.

Et chacun comprit qu'il n'était plus orphelin.

LE PARDON

I

Parmi les magistrats du ressort, et même au ministère de la Justice, M. de Margay avait une grande réputation d'éloquence.

Avocat-général près la Cour d'appel, il était toujours chargé de porter la parole devant les jurés, lorsqu'une affaire criminelle importante était soumise à la Cour d'assises.

Sa voix vibrante, chaude, émue, avait

une action incontestable ; elle bouleversait les douze citoyens chargés de prononcer sur le sort de l'accusé, toujours plus accessibles que des juges de profession à l'impression du moment.

Dès qu'il se levait de son fauteuil, avant même qu'il eût prononcé une parole, il produisait une certaine impression sur l'auditoire : nul ne personnifiait mieux l'image vengeresse de la société en face du crime ; nul ne s'emparait avec plus d'autorité du rôle redoutable dévolu au ministère public qui représente le droit de punir.

Lorsqu'il occupait le siège réservé aux membres du Parquet, les défenseurs éprouvaient, à l'avance, le sentiment de la défaite et se sentaient intimidés dans leurs plaidoiries.

On admettait généralement que ce magistrat possédait au suprême degré le don de cette éloquence spéciale du barreau si différente de celle de la tribune ou de la chaire, mais qui donne à un homme, dans l'enceinte d'un Tribunal, une puissance incomparable pour dicter un verdict.

— Que n'est-il parmi nous, disaient les avocats : quels succès il aurait !

M. de Margay se servait de cette force, qu'il se connaissait, avec une rigidité inflexible. Il était inaccessible à la pitié, et le Code à la main, il prononçait des réquisitoires tranchants comme l'acier du couperet d'expiation suprême. Personne ne l'avait vu sourire. Sa vie se passait loin de tout plaisir, de toute distraction même, uniquement consacrée au travail.

On l'estimait, et on le redoutait ; en le voyant passer, on comprenait qu'il devait être implacable.

En réalité, cet homme était malheureux,

6

et il avait demandé au labeur austère, sinon l'oubli, au moins l'apaisement.

Marié de bonne heure à une jeune fille qu'il aimait, il en avait eu un fils unique qui avait été la joie de sa jeunesse et qui devait être l'espérance de son avenir.

Mais cet enfant avait mal tourné. Peut-être le père avait-il manqué de douceur ? Souvent sa conscience inquiète se posait cette question. Peut-être la mère avait-elle eu trop de faiblesse ? Qui sait exactement les causes des événements ? Qui peut fixer d'une façon certaine les parts de responsabilité ?

A la suite de fautes nombreuses, d'une gravité croissante, M. de Margay avait pris le parti d'embarquer son fils comme mousse à bord d'un navire de commerce, espérant que cette dure épreuve triompherait d'un caractère indomptable et que la mer lui rendrait soumis celui que rien n'avait pu ramener à l'obéissance.

Le jeune homme avait cédé à la force et était parti, le cœur ulcéré, le regard chargé de haine, aussi indifférent aux larmes maternelles qu'aux sévères conseils de son père.

Dans la première relâche, il avait déserté; et, depuis six longues années, aucune nouvelle de lui n'était venue réchauffer le foyer, que son absence faisait désert, sombre et froid.

Etait-il mort, cet enfant si cher, d'un aspect si séduisant, dont le berceau avait été entouré de tant de riantes promesses? Et s'il vivait, qu'avait-il pu devenir? Sur quel point du globe poursuivait-il son existence troublée?

Parfois, l'angoisse de ses parents le voyait écrasé par la misère ou, pis encore, traînant dans quelque bagne lointain la livrée d'un prisonnier...

Ah! il valait mille fois mieux qu'il fût mort.

Quelle cruauté du sort! ce père et cette mère en étaient arrivés à ne plus oser former des vœux pour la vie de leur enfant. Au moins, mort, ils pourraient le pleurer !... ils pourraient l'aimer dans la tombe!

Ces déchirements de l'âme avaient tué lentement Mme de Margay.

Elle s'était éteinte dans les bras de son mari, et à cette minute solennelle qui précède le dernier soupir, alors que penché vers sa chère compagne, il buvait son souffle suprême, le malheureux homme avait entendu, comme le testament de ce cœur cessant de battre, ces mots touchants :

— « Pardonne-lui ! »

Il était resté seul, portant en lui la plaie indélébile, et il demandait à l'âpre travail, à ce grand consolateur de toutes les douleurs, la possibilité de poursuivre sa vie, au milieu de son deuil éternel.

II

Ce jour-là, tenant sous son bras des dossiers, le magistrat se rendait à l'audience d'un pas hâtif.

Il préparait dans sa tête le réquisitoire qu'il allait prononcer dans une affaire criminelle qui passionnait l'opinion publique : un assassinat, commis dans des circonstances particulièrement tragiques.

Ce qui donnait plus d'intérêt encore à cette cause déjà célèbre, c'est que le meurtrier s'était refusé à avouer le mobile de son crime et à faire connaître son nom.

L'instruction n'avait rien découvert sur son état civil.

— Qu'importe, pensait M. de Margay, son nom véritable !... il s'appelle l'Assassin !

La salle de la Cour d'assises était remplie d'une foule houleuse, quand l'huissier annonça : « La Cour ! » d'une voix retentissante.

Les conseillers, vêtus de rouge, firent leur entrée, accompagnant le président.

L'avocat général, M. de Margay, les suivait.

Il s'assit au siège du ministère public et, sans regarder personne, il se plongea dans la lecture de ses papiers, préparant une dernière fois ses moyens d'accusation, pendant que l'on procédait aux formalités d'usage.

L'accusé était un jeune homme, de haute taille, vêtu avec élégance, encore au printemps de la vie, n'ayant rien de l'aspect extérieur ordinaire des malfaiteurs qui viennent s'asseoir sur le banc d'infamie.

— Comment vous appelez-vous? dit le président.

— J'ai déjà refusé de répondre à cette question, répondit l'assassin. Je ne dispute pas ma tête à votre justice ; mais j'entends mourir sans livrer mon secret. On ne saura jamais mon nom !

Au son de cette voix, M. de Margay eut un frémissement.

Il la connaissait !

Levant les yeux, et muet d'horeur, il rencontra le regard du misérable.

C'était son fils !

De son côté, l'accusé avait reconnu son père ; et alors, mystère et triomphe de la nature, triomphe aussi de la jeunesse qui garde toujours une étincelle de bons sentiments, cette âme de fer avait subi un amollissement involontaire.

Le coupable avait revu, passant rapidement dans sa mémoire, le cortège des années heureuses de son enfance ; et comparant le passé au présent, il avait subi une telle impression, que son sang afflua au cerveau.

Il s'évanouit.

On dut l'emporter, et l'audience fut levée au milieu de l'émotion et de la surprise du public. Quel incident dramatique et nouveau venait-il donc de se produire ? La nuit, dont s'enveloppait l'accusé, serait-elle impénétrable à la vérité ?

III

L'avocat général rentra dans son cabinet d'un pas vacillant.

Il ferma au verrou sa porte et, s'abîmant dans un fauteuil, le visage plongé dans ses mains, il interrogea son cœur.

Evidemment, il ne pouvait porter la parole comme accusateur de son fils et envoyer à l'échafaud son enfant.

Mais, gardant son effroyable secret, il était maître de céder sa place à un de ses collègues, d'accepter l'aumône du silence gardé par l'assassin sur sa naissance.

Cette idée lui fit horreur.

Il entendit la voix de la mourante, sortant du cercueil pour lui crier : « Pardonne ! » Il oublia tout, et les fautes, et les

crimes, pour ne se rappeler qu'une chose,
— qu'il était père. Un flot d'indulgence et
de pitié l'envahit, et lui, l'implacable, qui
n'avait pas connu jusqu'ici ces deux sentiments, il pleura.

Mais c'était un homme énergique : il sur-
monta cette faiblesse et se ressaisit rapidement.

D'une main ferme, il écrivit sa démis-
sion au ministre de la Justice ; et alors, se
sentant maître de son éloquence, il dé-
pouilla par la pensée sa robe rouge de magistrat pour revêtir celle de l'avocat.

— Chère femme, se dit-il, chère morte
tant pleurée, je t'obéis ; je lui pardonne,
et je le défendrai devant ses juges !

LE PORTRAIT INACHEVÉ

I

En 1868, le peintre Jean Morençais n'avait pas la grande réputation qu'il a acquise depuis, mais il possédait la jeunesse : comme le docteur Faust, il donnerait probablement aujourd'hui son fauteuil à l'Institut et ses croix pour retrouver ses illusions, qu'il a perdues à la bataille de la vie.

Agé de trente-sept ans à cette époque, il était déjà honorablement connu. Ses por-

traits avaient du succès, et il était reçu
dans de nombreux salons. Gai, bien élevé,
n'appartenant pas à cette catégorie d'ar-
tistes qui croient trouver le talent dans les
brasseries, il personnifiait à merveille le
peintre moderne, qui ne pense pas néces-
saire de prouver son mérite en finissant
à l'hôpital, et qui est avant tout de bonne
compagnie. Son art ne l'absorbait pas
tout entier, et il n'était étranger à aucune
des questions de son temps ; on pouvait lui
parler affaires, finances, politique aussi
bien que peinture. En un mot, c'était un
homme aimable, estimable, régulier dans
son existence, serviteur respectueux des
conventions sociales; il redoutait le scandale, voilait ses aventures, et était un ami
sûr.

Parmi les salons, qu'il fréquentait assi-
dûment, se trouvait en première ligne ce-

lui de la comtesse Diane de Laurière, —
« la Petite Comtesse », comme on disait en
parlant d'elle.

C'était une veuve de trente ans, que la
mort d'un mari fort désagréable n'avait
pas affectée outre mesure, et qui semblait
décidée à ne pas tenter l'épreuve d'une
union nouvelle ; son essai avait suffi, lais-
sait-elle entendre pour le reste de sa vie.

Elle avait une petite fille qu'elle aimait
beaucoup et gâtait naturellement trop,
mais qui ne l'empêchait pas d'être fort
mondaine, un peu coquette et très désirée.

Si elle n'était pas inflexiblement ver-
tueuse, — hypothèse que sa mine évaporée
autorisait à admettre, — elle avait certai-
nement pris pour elle la sage devise :
« Cache ton bonheur ». On pouvait la
soupçonner, mais on n'était en droit d'ac-
coler aucun nom au sien. Donc, elle pou-

vait dire : « Honni soit qui mal y pense! »

Entre Diane de Laurière et Jean Morençais, il y avait commerce de bonne amitié,
de franche camaraderie. Elle coquetait et
il était galant. Seulement, par une convention tacite, mais formelle, tous deux sa-
vaient parfaitement que c'était un jeu sans
conséquence, sans portée, sans lendemain.

Ils s'escrimaient avec de simples fleu-
rets, s'amusant à ces assauts, et ils sentaient également que jamais ils n'emploie-
raient d'épées aiguisées, touchant le cœur;
c'étaient deux bons amis, dans le sens que
les hommes donnent à ces mots, avec du
évouement éventuel et de la sécurité dans
les relations.

Cent fois, l'artiste avait demandé à faire
le portrait de la jolie veuve, cent fois elle
avait consenti, et cependant l'œuvre n'é-

tait pas encore commencée. Les obstacles survenaient toujours au dernier moment. Mais ce jour-là, — le 10 mai, — elle avait juré de venir à l'atelier, — et le peintre l'attendait.

II

Deux petits coups frappés à la porte d'une main légère se firent entendre : Jean Morençais ouvrit en toute hâte, et la Petite Comtesse entra comme un rayon de soleil.

Elle était grande, mince, très souple, personnifiant à merveille le type de cette « Froufrou » qu'un auteur célèbre venait de créer au théâtre.

Ses yeux très grands, pétillants d'esprit, éclairaient un visage d'un ovale allongé ; elle avait le cou flexible d'un cygne, et sa

bouche, largement ouverte, laissait apercevoir ses blanches dents entre des lèvres
qui semblaient appeler les baisers ; ses
cheveux châtains, relevés à la mode de
l'époque, étaient admirablement plantés,
et son front large disait son intelligence.

En vérité, c'était une charmante femme.

Sa toilette était d'une élégance simple,
mais raffinée. Elle portait un costume
court, d'un drap léger, qui la drapait et
laissait deviner un corps gracieux. Une
minuscule capote en violettes de différents
tons reposait sur ses cheveux, et ses mains
de jeune patricienne, effilées, un peu mai-
gres, étaient longuement gantées de peau
de Suède.

— Dépêchons-nous, dit-elle en entrant.
Je suis un peu pressée aujourd'hui. Mais
j'avais promis de venir, et vous voyez que
je suis de parole.

Le peintre laissa tomber ses bras d'un air découragé.

— Comment ! comtesse, s'écria-t-il, nous n'avons pas encore commencé, vous arrivez, et vous songez à partir ?

— Allons ! ne vous fâchez pas ! Je resterai tant que vous voudrez. Mais comment allez-vous me peindre ? Je tiens beaucoup à ce que ce soit dans ce costume que North vient de si bien me réussir... Regardez : il me moule absolument !

Et la coquette fit un demi-tour, en cambrant sa jolie taille.

— Oui, répondit l'artiste, dans la pose que vous voudrez, la plus naturelle possible. Oubliez que je vais faire votre portrait. Causons, et je tâcherai de vous saisir au vol, car si je vous demandais de vous immobiliser, ce ne serait plus vous.

La jeune femme s'assit sur un divan et

7

le peintre traça les premiers coups de crayon de l'esquisse ; mais, soudain, la comtesse se leva et se précipita vers un coin de l'atelier pour admirer une vieille étoffe.

— Je vous en conjure, madame, restez en place, dit l'artiste ; maintenant, il faut retrouver la pose, et c'est tout à recommencer.

Diane revint d'un air boudeur et, au bout d'une heure, le travail avait peu avancé ; mais la jeune femme s'ennuyait et avait envie de flâner dans l'atelier, avant de s'en aller.

La séance fut levée, comme on dit dans les Parlements, et rendez-vous pris pour une date prochaine.

Mais, ce jour-là, un empêchement survint, — puis d'autres encore ; toutefois, au bout d'un mois, le portrait était en bonne

voie, quand se produisit un incident désas-
treux.

La comtesse arriva suivie d'un domestique.

— Vous allez être content! dit-elle. Je
vais vous faire une surprise qui vous com-
blera de joie. Laissez-moi cinq minutes
derrière ce grand paravent, et vous allez
voir qu'il naît de grandes idées dans ma
petite tête.

Au bout de quelques instants, elle repa-
rut en robe de brocatelle, si belle, si
éblouissante, que Jean Morcnçais ne put
retenir un cri d'admiration et ne pensa
pas à protester au nom de son travail
perdu.

— Seulement, mon cher ami, recom-
manda Diane de Laurière, vous engraisse-
rez un peu mes épaules, car j'entends que
la postérité, à laquelle votre pinceau va

m'envoyer, ne croie pas que j'étais maigre.

Tout alla bien pendant trois semaines;
puis, la comtesse partit pour la campagne,
et le portrait fut placé dans un coin de l'a-
telier.

Il devait y rester longtemps, jusqu'à l'hiver.

A cette époque, Mme de Laurière s'était
décidée à suivre la mode qui régnait pendant les dernières années de l'Empire, et
elle s'était fait teindre les cheveux dans
cette nuance dorée imitée des Vénitiennes
du moyen âge. Pour le coup, le peintre
faillit se fâcher ! Mais elle lui expliqua si
gentiment qu'il n'avait qu'à placer un peu
de jaune sur sa palette, qu'il se mit à rire
de tout son cœur et fut désarmé.

On recommença le portrait, en y appor-
tant bien des modifications pour obéir à la
loi de l'harmonie des tons, et l'œuvre n'é-

tait pas achevée quand survint la guerre.

Il s'agissait alors d'autres soucis; et l'image de la comtesse dut retourner — pour toujours peut-être — dans le fond de l'atelier.

III

C'était pendant la Présidence du maréchal de Mac-Mahon que Jean Morençais parla de nouveau du fameux portrait : la comtesse accepta volontiers l'idée de le reprendre, — mais à la condition que l'artiste ne la représenterait pas avec une toilette contemporaine du règne de Napoléon III.

— Mon cher ami, dit-elle, vous voyez comme la mode change vite ! Je ne veux à aucun prix avoir l'air rococo. L'autre soir,

j'ai eu beaucoup de succès, au bal de Mme de
Trèves, en costume Henri II. Si je le pre-
nais pour mon portrait? Ce serait la meil-
leure manière de ne jamais paraître démodée.

Et la comtesse, avec un joli sourire,
ajouta :

— Voyons, soyez gentil et recommencez;
c'est la dernière fois !

Elle était si gracieuse que Jean Morençais céda encore à son désir, tout en mau-
dissant en lui-même les caprices de sa
fantasque amie.

Le portrait était en train, quand survint
l'été qui emporte chacun vers un coin de
l'horizon; le peintre alla s'installer dans
une villa qu'il possède près de Paris.

Un matin, il vit arriver une séduisante
amazone : c'était la comtesse, suivie d'un
groom très correct dans sa tenue anglaise.

— C'est moi ! dit-elle. Que penseriez-vous de me peindre ainsi ? En été, on est libre, et je pourrais venir deux fois par semaine.

Cette fois, l'artiste laissa éclater son mécontentement ; il fit même entendre à son élégante visiteuse qu'elle était trop fringante pour passer inaperçue dans un village, et il ajouta qu'il craignait que sa visite ne fût mal interprétée.

Mme de Laurière trouva peut-être qu'il avait raison ; mais les femmes n'admettent pas qu'un de leurs caprices ait jamais tort ; elle bouda quelque temps le peintre, qui, de son côté, renonça au plaisir de fixer sur une toile les traits mobiles de son amie.

La comtesse quitta Paris peu de temps après, envoyée dans le Midi pour soigner sa santé gravement compromise.

Longtemps, ils s'écrivirent ; mais l'ab-

sence produisit son effet habituel, et le silence se fit entre eux.

Puis, plusieurs années s'écoulèrent.

Jean Morençais, devenu célèbre, couvert
de gloire et de rubans, reçut un matin la
visite d'une jeune fille en grand deuil, suivie de sa gouvernante.

— Faut-il me nommer, monsieur, de-
manda-t-elle, et ne vous rappelez-vous pas
Jeanne de Laurière, votre petite amie ?

Le peintre hésita un moment; mais il
retrouva presque aussitôt sur ce jeune
front les traits de la comtesse, et, en voyant
la robe noire de la visiteuse, son cœur se
serra.

— Jeanne de Laurière, oh ! oui, je vous
reconnais ! s'écria-t-il; mais de qui donc
portez-vous le deuil ?

Des larmes seules lui répondirent, et il
comprit qu'il parlait à une orpheline.

— Pauvre enfant ! dit-il avec émotion.

Et il revit par la pensée l'élégante jeune femme qui avait si souvent parfumé son atelier de sa grâce.

— Que puis-je pour vous ? demanda-t-il.

Essuyant ses yeux, la jeune fille tâcha de raffermir sa voix :

— Monsieur, dit-elle, je voudrais tant avoir le portrait de ma mère fait par vous ! Vous seriez si bon, et moi, je vous garderais une telle reconnaissance ! Il me semble que je verrais revivre ma chère maman !

Sans dire un mot, Jean Morençais, attendri, prit Jeanne de Laurière par la main et la conduisit au fond de l'atelier ; puis, lentement, il souleva le voile qui cachait le pauvre portrait inachevé, dormant là depuis tant d'années :

— Mon enfant, dit-il, je terminerai ce portrait en y mettant tout mon cœur; je n'ai pu la peindre avec mes yeux, je la peindrai avec mon souvenir!

MARIÉS PAR LA MORT

Le soleil se rapprochait de l'horizon ;
encore quelques instants, et il aurait disparu derrière l'imposant massif de l'Estérel.
Ses rayons obliques allongeaient les ombres
des promeneurs ; elles semblaient l'image
de géants couchés par terre. La promenade
de Cannes se vidait petit à petit. Au delà
des îles Sainte-Marguerite et Saint-Honorat,
la mer commençait à moutonner ; les crêtes
des lames fouettées par le vent devenaient
blanches ; on eût dit que des bataillons de

mouettes se reposaient alignés sur le sommet des vagues.

Garantie par sa ceinture de montagnes, la ville ne subissait pas encore l'action du mistral, mais la course rapide des nuages annonçait son arrivée prochaine, et il passait, au milieu du calme de l'air, de subites bouffées lourdes, avant-garde des tempêtes.

Des tartanes filaient au large, emportées vers le golfe de Gênes par la grande brise, tandis que des paquebots, se dirigeant vers Marseille, tanguaient péniblement sous l'effort de leurs machines, laissant derrière eux une longue traînée de fumée.

— « Allons, cher enfant, il faut rentrer ; tu sais combien le docteur te recommande d'éviter le refroidissement de la température, qui se produit au coucher du soleil. »

Ces paroles étaient dites par une femme

âgée, à la tournure distinguée, à un jeune homme qui l'accompagnait.

A leur ressemblance, il était aisé de reconnaître la mère et le fils, de même qu'il suffisait de les voir pour être certain de leur rang élevé dans la société.

Par sa naissance, le comte Henri de Lestorade appartenait, en effet, à la plus haute aristocratie ; le nom de ses pères était inscrit dans l'histoire de France.

Fils unique, destiné à posséder la richesse, il n'avait pas pensé que les lauriers de ses aïeux, trouvés dans son berceau, lui accordaient le droit à l'oisiveté. Il avait voulu, lui aussi, servir son pays. Sorti de l'École polytechnique dans un rang qui lui laissait le choix d'une carrière civile, il avait opté pour l'artillerie, et comme on se battait au Tonkin, c'était dans l'Extrême-Orient qu'il était allé chercher le baptême du feu et les premiers sourires de la gloire.

La gloire l'avait reconnu comme un descendant de ceux qu'elle avait couronnés
jadis. A vingt-six ans, il était capitaine,
après avoir reçu, sur le champ de bataille,
de la main même de son général, une croix
qu'il avait rougie de son sang. Tout lui
prédisait le plus brillant avenir, tout semblait à la portée de son bras : pour arriver
aux sommets de la hiérarchie militaire,
pour obtenir le bonheur des amours par-
tagées, rien ne manquait, il suffisait de
vivre.

Mais elle était là, l'Invisible et l'Inflexible,
celle qui marche toujours à côté de chaque
homme, sans qu'il s'en doute ; celle qui, à
l'instant imprévu, quand le bonheur semble
certain, étend soudain sa main froide et
crie : « Tu n'iras pas plus loin !.... » La
Mort.

Atteint d'une phtisie, contre laquelle tout était impuissant, Henri de Lestorade était venu à Cannes pour tâcher d'y prolonger une existence désormais sans lendemain ; il achevait de vivre, disputé à la maladie par la tendresse passionnée de sa mère.

— « Non, ma mère, répondit-il, ne rentrons pas encore ; je ne me sens point mal. »

— « Et puis, tu veux la voir », dit la comtesse avec une tendre indulgence.

Le capitaine ne répondit que par un doux et triste sourire. Tout à coup, une flamme passa dans ses yeux. Il venait de l'apercevoir s'avançant d'un pas léger, suivie d'une sorte de gouvernante.

Russe, née princesse, Olga avait tous les charmes de la séduisante race slave ; ses cheveux noirs et ses yeux bleus la faisaient moins remarquer que la pâleur de son teint.

Cette adorable fleur du Nord, à la taille souple et élancée, était atteinte d'une maladie de cœur et demandait au soleil de la Méditerranée sinon la guérison, du moins un peu de répit.

Elle passa près du capitaine en lui lançant un regard qui le fit tressaillir.

Henri de Lestorade salua, comme un croyant salue l'idole de son culte.

Ils ne s'étaient jamais parlé ; ils ne se connaissaient que de vue, — et ils s'aimaient.

Ils s'aimaient dans la même pensée de la fin prochaine. D'autres rêvent de vivre côte à côte. Eux songeaient à mourir ensemble.

Chaque jour, ils se rencontraient en public, et chaque jour les yeux de la jeune fille adressaient au capitaine une invitation à se faire présenter, marquant une douce surprise qu'il ne le fît point.

Mais il ne cédait pas à cet appel, quoique tout l'y engageât, même l'aveu de sa mère, qui, dans sa tendresse, favorisait ce suprême roman, parce qu'il éclairait d'un dernier rayon de bonheur l'existence de son fils.

Avoir été un brillant cavalier, avoir planté sur la crête d'un fort annamite un drapeau percé de balles et n'être plus qu'un pauvre moribond touché par l'ange de la nuit éternelle, cela offensait l'orgueil du comte de Lestorade.

Débris de lui-même, il souffrait à la pensée de faire voir de près sa déchéance physique... Au moins, à distance, les tristesses poignantes de sa maladie étaient ignorées... Ah! cette toux! cette terrible toux sèche des agonisants!... Mais il ne voulait pas qu'Olga l'entendît!

Puis, se sachant condamné, se sentant

8

sur le bord de la tombe, il ne consentait
point à rendre plus déchirant encore l'adieu
à la vie en se créant un lien nouveau —
même moral.

Il se bornait donc à la voir, celle qui
donnait à son cœur les ineffables batte-
ments de l'amour, et il voulait mourir en
l'aimant, sans le lui avoir jamais dit.

Le comte de Lestorade croisait pour la
seconde fois Olga, lorsque le bruit sinistre
du tocsin frappa ses oreilles ; en même
temps, il aperçut un incendie considérable
qui venait d'éclater en ville et que les
fureurs du mistral allaient rendre redoutable, si on ne parvenait pas à l'éteindre
avant la tempête imminente.

— « Mon Dieu ! s'écria la jeune Russe,
c'est dans notre quartier ! »

Et elle quitta aussitôt la promenade.

Le capitaine la suivit à quelques pas.

Ils ne tardèrent pas à arriver sur le lieu du sinistre, qui était effrayant.

Des torrents de flammes sortaient par toutes les fenêtres d'un des plus grands hôtels de Cannes. Le génie de la destruction apparaissait dans toute son horreur. Le vent se déchaînait. L'eau manquait, et pour en fournir aux pompes, une chaîne humaine venait de s'établir. Elle et lui, entraînés par la foule, se trouvèrent en former un anneau. Leurs mains se touchèrent.

Les seaux d'eau se succédaient avec rapidité ; bientôt, ils furent inondés tous deux de cette eau glacée. Mais ils n'en sentaient pas le danger. Ils subissaient le brûlant frémissement du contact aimé.

Les événements avaient triomphé de la volonté du comte : il parla.

— » Mademoiselle, dit-il à la jeune Russe, ne restez pas là, je vous en conjure. Vous êtes souffrante. Vous risquez de vous rendre tout à fait malade. »

Un accès de toux lui coupa la parole.

— « Mais vous-même, monsieur, répondit Olga, n'êtes-vous pas un peu imprudent?... Faisons un marché... si je m'en vais, vous vous en irez aussi. »

— « J'obéis, mademoiselle, à votre jeune sagesse. Du reste, ma pauvre mère me fait des signes désespérés... Voulez-vous que nous la rejoignions? »

Ils se rapprochèrent de la comtesse de Lestorade.

Le spectacle terrifiant de l'incendie supprimait toute étiquette mondaine et ils regardèrent ensemble l'impuissante lutte de l'homme contre la fureur du feu.

Soudain, un cri déchirant se fit entendre, et une petite fille apparut à une fenêtre de l'hôtel.

Olga et le capitaine échangèrent un regard, — un seul regard, — et avant que
Mme de Lestorade eût deviné son projet, son
fils s'élança dans la fournaise.

Une fois encore, il marchait au feu !

La comtesse et la jeune Russe, se tenant
la main d'une façon convulsive, le rappelaient en vain.

Bientôt, on l'aperçut au milieu des tour-
billons de flammes et de fumée, arrachant
l'enfant à l'horrible mort... puis, tout disparut.

Les deux femmes, haletantes, unies dans
une angoisse commune, étaient immobiles,
figées par l'épouvante, le regard fasciné.
Enfin, elles le revirent !

Ses vêtements étaient brûlés, les flammes
l'entouraient ; mais il tenait dans ses bras
son précieux fardeau. Avant de mourir, il
avait sauvé la vie de l'enfant.

Seulement, l'effort avait été trop grand, il avait dépensé ce qui lui restait encore d'existence.

Par une dernière convulsion de volonté énergique, il réussit à arriver jusqu'à sa mère ; mais là, une suffocation le prit : il tomba.

Penchée sur lui, Mme de Lestorade s'efforçait en vain de le faire revenir : sa poitrine se soulevait à peine ; sa respiration s'espaçait.

— « Aidez-moi à lui tenir la tête ! » cria-t-elle à Olga d'une voix éperdue.

La jeune fille se précipita et son visage se rapprocha de celui de Henri de Lestorade.

Elle vit ouverts, fixes, ces yeux qui ne la distinguaient plus ; elle aperçut l'envahissement de la mortelle pâleur ; elle respira le dernier soupir.

Alors, terrassée à son tour, tuée d'émotion, elle sentit son cœur se briser, elle s'abattit brusquement, lourdement, sans un cri, sur le cadavre de celui qui venait d'expirer, et elle cessa de vivre.

Leurs derniers souffles s'étaient confondus.

La vie n'avait pu les unir; ils furent mariés par la mort.

LES ÉTRENNES PENDANT LA VIE

I

Un an bientôt depuis qu'ils se sont
mariés ! Pour la première fois, Monsieur
va apporter ses étrennes à Madame, et il
cherche ce qui pourrait faire le plus de
plaisir à la chère adorée. Soudain, une
idée traverse son esprit : ils ont tant parlé
de Lui, — du mystérieux bébé qu'un avenir
prochain leur apportera, — de ce doux
inconnu dont le petit-visage est si souvent
apparu dans leurs rêves ! Monsieur a

trouvé ! Les étrennes de Madame, ce sera un de ces berceaux-Moïse, où l'on mettra le nouveau-né pour l'apporter au salon ou pour le placer sur le lit de la jeune mère.

Avant d'avoir vu la lumière du jour, avant d'avoir poussé un vagissement, Bébé aura déjà reçu son cadeau de Nouvel-An.

Madame émue embrasse Monsieur en lui disant ces mots qu'on murmure tout bas, quoique tout seuls :

— Je t'aime !

11

Pour la première fois, depuis que l'enfant est venu au monde, une nouvelle année commence.

A peine un jour gris d'hiver a-t-il

éclairé la chambre qui renferme son berceau, que le père entre pour voir le nouveau-né.

Il le contemple d'un œil ému, avec ce
sentiment de tendresse inquiète qu'inspire
à chacun de nous la pensée du sort réservé
à la génération qui nous suit.

Sans doute, le vieillard qui a presque
achevé sa course, et qui va disparaître
bientôt, ayant terminé sa tâche, a droit au
respect; mais combien sont plus solen-
nelles les pensées inspirées par l'enfant!

L'homme a rempli sa mission et creusé
son sillon. On sait le rôle qu'il a joué sur la
scène terrestre, et lorsqu'il descend dans
la tombe, il n'y emporte aucune espérance. On peut le pleurer; il est impossible de placer en lui un rêve.

Avec l'enfant, au contraire, tout est
mystérieux.

Penché sur le berceau, le jeune père, fier de sa paternité récente, regarde son fils ; dans ses mains inexpérimentées, il le prend ; puis, il appuie sur sa joue la douce figure rose.

— Cher petit, pense-t-il, tes yeux ne sont pas encore ouverts à la lumière, et je ne puis te donner aucune étrenne ; viens recevoir cependant la plus précieuse de toutes : le sourire de ta mère !

Il porte l'enfant dans la chambre de la jeune femme et il le dépose auprès d'elle ; — puis, il approche ses lèvres des deux chers visages qu'il unit dans un seul baiser.

III

Ce n'est plus un petit garçon ; le voilà un homme ; il a cinq ans, et papa discute

gravement avec maman ce qu'on lui don-
nera pour ses étrennes.

Madame conseille un jeu tranquille, un
de ces jeux pacifiques qui ne troublent pas
le calme du salon ; mais Monsieur, qui se
souvient du printemps de sa vie, soutient
que son fils ne savourera pas la joie d'un
jouet qui ne serait point tapageur.

On pourrait bien consulter l'enfant; mais
on tient à lui ménager une surprise, et la
discussion continue sans avancer beaucoup,
jusqu'à l'arrivée de la grand'mère, qui naturellement gâte horriblement son petit-fils.

— Voyez-vous, dit-elle avec son expérience d'aïeule, les garçons n'aiment que
les jeux faisant le désespoir des parents ;
si vous voulez qu'il s'amuse le plus, cher-
chez ce qui vous ennuiera davantage.

Et on se décide pour un cheval à méca-
nique et un tambour.

— Seulement, dit Madame, il ne fera pas trop de bruit !

Pauvre Madame ! elle sait bien que le tapage sera énorme ; mais elle se console en pensant que son enfant sera ravi.

IV

Le voilà collégien ; il a endossé l'uniforme du lycée ; que va-t-on lui donner pour ses étrennes ?

Des livres superbes, solennels, qu'il ne lira pas, ou quelque objet de toilette pour faire de l'élégance les jours de sortie ?

Le cas est grave, et, ma foi ! on le fait interroger discrètement par le vieux domestique qui l'a vu naître et qui est demeuré son confident.

La réponse ne se fait pas attendre : il

veut un poney pour aller se promener au bois le dimanche.

La mère fait des objections ; elle a peur des accidents ; elle craint qu'on lui rapporte son fils blessé, ayant fait une chute dangereuse.

Mais, en résumé, dans quelques années le régiment le guette ; tant mieux, s'il y arrive accoutumé à l'équitation, rompu aux exercices du corps !

On achètera le poney, et il ne manque plus qu'un cigare pour que l'émancipation soit complète.

V

Dix-huit ans ; l'âge où l'on a son premier habit noir, où l'on fait son premier souper ; où l'on aime pour jamais, — tout au moins pendant un jour.

Les parents se creusent la tête pour trouver des étrennes répondant à la fois aux désirs du jeune homme et aux strictes convenances.

Après avoir mûrement pesé le pour et le contre, ils se décident à consulter leur fils, qui ne leur cache pas son désir de recevoir un porte-monnaie bien garni.

Oui, de tout ce qu'on peut bien lui donner, une seule chose lui sera agréable : ces louis d'or qui ont, dit le proverbe, le mérite rare, exceptionnel, de plaire à tout le monde.

Adieu donc, douces surprises longuement savourées dans le cœur maternel ! Il est passé, le temps où les étrennes apportaient à l'enfant un peu du goût de ses parents. Il a sa personnalité aujourd'hui et il veut se donner les choses dont il aura envie.

C'est dit : on lui remettra ses étrennes en argent, et rien ne prouve que Madame ne sera pas un peu triste en les lui donnant.

VI

Mais le temps a marché ; l'adolescent est devenu un homme, ayant pris sa place dans la société, et constitué à son tour une famille.

Les chers souvenirs de la maison paternelle s'estompent petit à petit dans la nuit du passé, chassés par le vent du siècle qui fait tourner, sans s'arrêter jamais, les pages du livre de la vie.

Les vieux parents ne sont plus là pour

donner des étrennes ; et le jour du Premier
de l'An rappelle tristement leur mémoire ;
ils dorment l'éternel sommeil dans l'éternelle nuit du tombeau.

Ces pensées sont tristes, et le réveil du
premier Janvier en est assombri.

Mais quelles sont ces voix argentines qui
chantent gaîment derrière la porte encore
fermée ?

Ce sont les enfants, — la génération nouvelle qui monte et qui, ignorante encore
du labeur humain, ne pense qu'à la joie
des étrennes et des bonbons.

La porte s'ouvre, et les voici, les chéru-
bins roses et frais, dans leurs longues che-
mises de nuit, avec leur petit museau futé.

Ils apportent à papa ses étrennes, une
belle page d'écriture lentement écrite par
le petit garçon, un ouvrage au crochet
exécuté péniblement par la fillette.

Et le père, attendri, embrasse ses enfants pendant que la mère, souriante, tire d'une armoire les joujoux préparés la veille.

Quelle ivresse! quels cris ! quels bonds !

Les parents ont de belles étrennes : la joie des bébés.

Puis, encore des années, et encore des années; la vieillesse est venue avec son lourd fardeau, amenant à sa suite l'escorte des jours sans soleil, des lendemains sans longues espérances.

Quand l'heure du Nouvel-An sonne, on songe qu'on ne verra peut-être plus pareille date et qu'avant son retour on aura rejoint ceux que l'on a aimés, qui sont partis les premiers et qui vous attendent dans le mystérieux inconnu de la mort.

Mais chassons ces sombres pensées.

Autour de l'aïeul, voici la famille rassemblée.

Ils sont tous là, les enfants et les petits-
enfants, toute la gamme humaine, jusqu'au
petit dernier apporté dans les bras de la
nourrice.

Et bon papa attendri salue du regard ses
descendants, ceux qui le continueront
quand il ne sera plus là, ceux qui portent
à leur tour le nom qu'il s'est efforcé d'ho-
norer pendant soixante-quinze ans.

De sa main qui tremble un peu, il prend
les bouquets qu'on lui apporte, et qui
viennent embaumer sa maison du parfum
de leurs fleurs.

Il revoit, dans une revue rapide, le cours
de son existence, depuis ses premières
étrennes jusqu'à celles-ci, qui seront les
dernières sans doute ; et en distribuant des
baisers à la ronde, il se dit qu'il n'a rien à
déplorer, et que la vie lui a été clémente,
puisqu'il a aimé et qu'il a été aimé.

PATRIE

I

André Durère, employé de la célèbre maison Smithson et Cie, de Philadelphie, paraissait fort mécontent ; il se promenait à grands pas dans sa chambre, se parlait à lui-même avec vivacité, et appuyait de gestes violents les arguments qu'il se répétait intérieurement.

Son irritation eût paru peu explicable à ceux qui l'avaient connu depuis son arrivée aux Etats-Unis, il n'y avait pas encore

deux ans ; car, dans ce court espace de
temps, tout lui avait souri, et il était à
l'âge des illusions.

Quoiqu'il n'eût pas encore atteint sa ma-
jorité, il avait réussi par son intelligence et
son activité à prendre une situation d'une
certaine importance dans la maison de
commerce où il avait débuté modestement.

On le considérait comme un garçon sérieux et d'avenir, destiné à faire une fortune et à « valoir un jour beaucoup de dollars ».

Enfin, depuis quelques semaines, il était
admis aux soirées intimes de la rigide
Mme Smithson, où Miss Arabella Smithson
lui avait offert de sa blanche main des
tasses de thé, accompagnées de gracieux
sourires et de regards bienveillants.

Aujourd'hui même, ne devait-il pas ac-

compagner ces dames au Concours de musique instrumentale à l'Exposition interna-
tionale, honneur envié de ses collègues,
significatif peut-être, permettant de rêver
que l'amour lui ferait gagner le gros lot à
la loterie du mariage?

S'il était soucieux, cependant, c'est qu'il
venait de recevoir une lettre de son père,
le commandant Durère, chef de bataillon
d'infanterie en retraite, en réponse au projet qu'il lui avait communiqué de se faire
naturaliser Américain.

Voici ce que le vieux soldat écrivait à son
fils :

« Mon cher André,

» Lorsqu'au sortir du lycée tu m'as dé-
claré que tu ne voulais pas suivre la carrière des armes, je me suis incliné devant
ton désir. Pour être militaire, il faut une

vocation et des qualités d'abnégation. Tu
es de ta fin de siècle ; tu as préféré donner
à ta vie un autre but que celui poursuivi
par moi. Je ne me suis pas reconnu le droit
de t'imposer mes idées.

» Je me hâte d'ajouter que, depuis ton départ de France, tu as légitimé par ta conduite et tes succès la décision que tu pre-
nais ; je n'ai reçu de Philadelphie que des
éloges sur ton compte.

» Mais, maintenant, pour faire fortune
plus vite, pour épouser une héritière, tu
me parles de changer de nationalité, de ré-
pudier ta patrie, comme on quitte un vê-
tement usé : mon fils, je mets mon autorité
paternelle dans la balance.

» Sans doute, il te sera pénible de revenir en Europe passer trois ans au régiment, ce qui est indispensable, si tu restes
Français, à moins d'être réfractaire et de

t'exiler toi-même; mais le devoir commande.

» La patrie, mon enfant, n'est pas le pays où l'on dîne ; c'est la terre où reposent les parents, où fut le berceau. Pour elle, ton grand-père est mort à l'ennemi, et moi j'ai eu l'honneur de recevoir une blessure à l'armée de la Loire. Reviens prendre ta place à l'ombre de ce drapeau, qui a vu couler le sang de ceux qui t'ont précédé dans la vie.

» J'avance dans ma carrière et je n'ai jamais joué un rôle important ; mais j'ai donné à ma patrie le meilleur de moi-même aux heures terribles, et le peu que je suis, je le dois à la France.

» Lorsque tu es venu au monde, je t'ai pris dans mes bras, et posant mes lèvres sur ton visage, j'ai formé le vœu que tu serves ton pays après moi, et que ta génération soit plus heureuse que la nôtre.

» Mon fils, je te supplie et, s'il le faut, je t'ordonne de rester Français.

» Commandant DURÈRE. »

Après avoir relu encore une fois cette lettre, André Durère s'approcha de sa table et, d'une main fébrile, il écrivit :

« Mon Père,

» La patrie, dites-vous, n'est pas le pays où l'on dîne. Soit ! mais c'est le pays où l'on aime. Ici est mon cœur et ici sont mes intérêts.

» Je connais à peine la France que j'ai vue à travers les fenêtres d'un collège. Je ne m'en soucie pas. Qu'a-t-elle fait pour vous? En échange de votre existence consacrée à son service et de votre sang versé dans un de ses sillons, elle vous a donné une pauvre épaulette et un peu de pain pour votre vieillesse. L'Amérique, elle, me fera riche et puissant, de cette puissance que donne l'argent.

» Mon père, je regrette bien de vous désobéir ; mais je ne puis perdre trois ans de ma jeunesse à faire l'exercice du fusil ; et, aussitôt que possible légalement, je serai citoyen de la libre République des Etats-Unis.... »

Le jeune homme avait écrit ces mots sans s'arrêter, mais une heure sonna à la pendule : il posa la plume, et laissant la page inachevée, il sortit pour aller chercher Mme et Mlle Smithson.

II

L'entrée du jeune Français et des dames qu'il accompagnait, dans le palais de l'Exposition, ne passa pas inaperçue au milieu de la foule.

Lui, grand, mince, avec sa fine moustache noire, offrait un des types les plus élégants de notre race ; elle, Miss Arabella, avec ses beaux yeux bleus, sa taille souple et élancée, ses admirables cheveux dorés, faisait songer à une Velléda antique évoquée du passé.

Dans l'immense salle, où avait lieu le Concours de musique, peu de places demeuraient vacantes ; mais celles qu'ils devaient occuper étaient retenues, et ils y parvinrent assez facilement, malgré la force d'inertie opposée à leur passage par un groupe d'hommes blonds et joufflus, qu'il était aisé de reconnaître pour des Allemands.

André regardait sa jolie voisine du coin de l'œil et écoutait sa pensée beaucoup plus que l'orchestre, lorsqu'un mouvement se fit dans l'auditoire et ramena vers la terre son imagination, qui vagabondait sur les nuages roses de la chimère.

La musique de la Garde républicaine de Paris allait jouer.

Soudain, André aperçut des uniformes qu'il connaissait bien, car ils lui étaient familiers pendant son enfance ; il revit ce drapeau tricolore qui a fait le tour du monde avec les gloires et les libertés de la France ; et tout ce qu'il croyait avoir oublié lui revint brusquement.

Un silence se fit, troublé par le ricanement d'un des Allemands qui riait lourdement, en causant avec ses compagnons.

André Durère comprit qu'on plaisantait notre cocarde nationale.

— « Chut! » cria-t-il vivement, instinctivement, et il fut surpris lui-même du son âpre de sa voix.

Le chef de musique leva son bâton ; les cuivres résonnèrent, lançant leurs notes métalliques, et l'immortelle *Marseillaise* retentit.

A cet air que l'univers connaît, et qui fut le cri de guerre de la Révolution française, il y eut une sorte de frémissement, et quand l'orchestre se tut, des applaudissements frénétiques saluèrent à la fois les exécutants et l'œuvre de Rouget de Lisle.

Mais un coup de sifflet se fit entendre, lancé par ce même Allemand, à qui, tout à l'heure, André Durère avait imposé silence.

Cette fois, le jeune homme oublia tout, et ses projets ambitieux, et celle dont il était le cavalier, et les idées qu'il professait naguère.

Il oublia sa réponse à son père, son dédain pour le patriotisme, son projet de se faire naturaliser Américain.

Il ne vit qu'une chose : c'est qu'on insultait la France, et, comme un fils se levant pour venger sa mère, il se dressa avec un mouvement impétueux et, marchant sur l'insolent, il le souffleta.

Puis, redevenant maître de lui-même, André Durère tira une carte de sa poche et la tendit à son adversaire.

Mais l'Allemand ne fit pas mine de la prendre. Le soufflet l'avait médusé, et la perspective d'un duel ne lui souriait pas. Il demeurait immobile.

Jetant alors dédaigneusement sa carte par

terre, le jeune homme se tourna en s'incli-
nant vers Mme Smithson et Miss Arabella
pour les supplier d'excuser sa vivacité ;
mais leurs places étaient vides, et leur
brusque départ montrait combien elles blâ-
maient cette scène de scandale.

III

L'attitude des deux Américaines évoqua
dans l'esprit d'André le conseil adressé à
Nelson par un de ses amis qui, pendant le
séjour à Naples de l'illustre amiral, écrivait : « Revenez en Angleterre, mylord ;
rien ne vaut les sourires des femmes de la
patrie. »

L'indifférence de Madame et de Miss
Smithson, en présence d'un incident qui
lui avait causé tant de colère, lui montra

qu'il existe des frontières morales plus in-
franchissables que celles séparant les États.

Comme un voile de brume qui se dé-
chire sous l'action du soleil, les brouillards
de sa pensée se dissipèrent soudain, et il
aperçut l'image de la France.

Il est des amours que l'on croit éteintes
et mortes, tandis qu'elles couvent sous des
cendres : pour les raviver, il suffit d'un
souffle.

Le jeune homme qui se disait un adora-
teur du succès, n'ayant d'autre dieu que
l'idole d'or, vit clair en lui-même.

Pour ce drapeau qui ne l'abritait pas encore de sa grande ombre, il venait de chercher un duel, et il s'était senti avide de risquer sa vie.

Les accents de la *Marseillaise* lui avaient
donné l'ivresse des soldats de la Révolution aux jours de bataille.

10

Il se figurait être un sceptique, dédaignant l'humble champ paternel, et il avait senti battre follement son cœur, parce qu'un Allemand grossier avait sifflé les musiciens d'une troupe française : que serait-ce s'il fallait défendre contre l'invasion le sol sacré ?

Quittant l'Exposition, André rentra chez lui ; il y retrouva, la rougeur au front, la lettre qu'il avait laissée commencée sur son bureau, et il la déchira.

— Cher père, pensa-t-il, noble et modeste serviteur de la France, c'est toi qui as raison ; j'irai par le prochain paquebot te porter moi-même ma réponse et, conduit par toi, te donnant le bras, réclamer ma place parmi les soldats de la patrie.

L'OFFRANDE A LA MER

I

Dans un petit village de la côte de Nor-
vège, il existe une touchante coutume :
chaque année, le 2 novembre, les veuves
des marins disparus en mer et leurs orphelins viennent processionnellement à la
grève, avec des vêtements noirs, déposer
des couronnes dans les flots, tombeau
commun des naufragés.

La population se compose presque uniquement de pêcheurs, rudes fils de l'Océan

qui lui demandent leur subsistance et sa-
vent lui arracher ses richesses ; montés sur
de frêles barques, ces hardis matelots ten-
dent leurs filets dans les « fiords », lorsque
le temps est gros ; mais souvent aussi ils se
risquent au large, et malheur à ceux que la
tempête surprend loin du port, car leurs
fragiles embarcations ne sont pas en état
d'affronter la fureur des vagues !

Aussi les sinistres sont nombreux et
l'humble cimetière est rempli de tombes
qui ne renferment rien, — car l'Océan n'a
pas rendu les corps de ceux dont les noms
sont écrits sur la pierre funéraire.

Plus séparés des vivants que les autres
morts, ils ont été entraînés dans les abîmes
immenses de ce monde inconnu et mystérieux qui est la mer ; ceux qui les aimèrent,
qui sont de leur sang, qui les pleurent, ne
peuvent même pas verser une larme sur

leur cercueil, car d'eux il ne reste rien que le souvenir, s'effaçant peu à peu dans les brouillards de la pensée.

La côte est aride. Aucun arbre n'y pousse, et la maigre végétation donne une impression de tristesse. De grands rochers sombres, rongés par l'écume des lames, forment une sorte de ceinture en avant du petit port, comme s'ils voulaient le protéger contre la grande houle qui vient d'Amérique, sans qu'aucun rempart l'arrête. Rien dans ce pays n'inspire les riantes idées que donnent les rivages des terres bénies du soleil. Tout est austère et solennel, car la joie des yeux diminue à mesure qu'on se rapproche des pôles. Il semble qu'en s'éloignant de l'Equateur, on soit plus voisin des réflexions profondes, plus apte à comparer la faiblesse humaine, face à face avec la toute-puissante Nature.

Cette année-là, le jour de la procession funèbre, le ciel était chargé de nuages épais qui couraient néanmoins avec une vitesse vertigineuse, emportés par un coup de vent.

L'horizon brumeux ne s'étendait qu'à une petite distance et barrait la vue.

Des rafales sinistres secouaient les maisons du village, et avant d'arriver sur la grève, on entendait rouler comme un tonnerre les galets labourés par les vagues.

En se brisant sur les rochers, les lames gémissaient et elles lançaient en l'air leur écume, colonne blanche qui retombait lourdement en une pluie épaisse.

On n'apercevait aucune barque; la mer en furie paraissait vide, comme si elle se fût débarrassée dans sa colère de tout fardeau et n'eût consenti à porter aucun navire sur ses flots.

Descendant l'unique rue qui conduisait à la grève, la procession s'avançait. D'après la coutume locale, elle se composait uniquement de femmes et d'enfants. Sur son passage, les hommes ôtaient leurs bonnets, mais ils ne se joignaient pas au cortège, laissant aux veuves et aux orphelins le douloureux privilège de venir seuls déposer dans la mer le tribut annuel des deuils.

Aucune voix ne s'élevait, mais aucun œil ne demeurait sec; c'est en pleurant silencieusement que marchait la file de celles qui n'avaient plus de mari, de ceux qui n'avaient plus de père.

Des couronnes grossièrement tressées et des fleurs fraîchement coupées étaient dans toutes les mains.

De très petits enfants se cramponnaient aux jupons de leurs mères, afin de n'être pas renversés par le vent, et les femmes baissaient la tête pour que la furie de l'ouragan n'arrachât pas leur coiffure.

II

Au dernier rang, marchaient ensemble un petit garçon et une petite fille, qui n'étaient pas en deuil et qui n'avaient aucune fleur. Nulle femme ne les accompagnait, et ils étaient si jeunes qu'ils avaient peine à suivre les autres. Ils se tenaient par la main, graves, sérieux, et on les regardait avec une compassion émue.

Le petit Eric et sa sœur Christine avaient pour père un vaillant marin, appelé Hans ; leur mère, Martha, épousée par amour, passait pour la plus jolie femme du pays ; elle était aussi la plus courageuse, et quand

on voulait citer un toit sous lequel le bonheur avait pris gîte, on parlait de l'humble
chaumière qu'habitait cette modeste famille de pêcheur.

Or, depuis bientôt trois semaines, Hans
n'avait pas donné de ses nouvelles, et le
bruit de la perte, corps et biens, de son bateau prenait chaque jour de la consistance.

Lorsque Martha sortait avec ses enfants,
elle rencontrait les regards tristement sym-
pathiques de ses voisins, et elle lisait dans
leurs yeux le pronostic des suprêmes infor-
tunes.

Déjà, en lui parlant, on baissait la voix
comme dans une chambre de moribond;
on eût dit que le fantôme invisible de la
mort planait autour d'elle et, qu'à une
heure prochaine, elle allait apercevoir le
spectre.

Mais elle se raidissait contre l'évidence

croissante, et sa pensée repoussait toutes les raisons qui devaient, hélas! lui démontrer que la mer implacable ne lui rendrait jamais son mari.

Sans doute, il était difficile d'admettre que Hans eût pu se réfugier dans un port de la côte, car il eût avisé sa femme de sa relâche ; et, d'autre part, le manque seul de vivres interdisait d'accepter l'hypothèse qu'il tînt le large. Mais le cœur a ses raisons qui n'ont rien à voir avec la raison. Martha ne se sentait pas veuve, ni ses enfants orphelins.

Aussi n'avait-elle pas voulu se joindre à la procession funèbre : que d'autres aillent verser sur la grève leurs larmes impuissantes à consoler ; elle ne suivrait pas le cortège de deuil !

Néanmoins, elle avait envoyé Eric et Christine, par un sentiment de contradiction morale peu facile à expliquer; il lui semblait que les voix frêles des deux pauvres petits domineraient le fracas des vagues et arriveraient jusqu'à Hans, où qu'il fût.

Seule dans sa maison, que secouait le grand vent, Martha méditait. Sa confiance s'émiettait, en écoutant la tempête. Pour la première fois, un cri de désespoir montait de son cœur à ses lèvres.

Soudain, un coup frappé à la porte la fit tressaillir; elle ouvrit précipitamment, ayant l'instinct que son sort allait se décider.

C'était le facteur, porteur d'une lettre.

D'un regard, elle reconnut l'écriture.

Oh! Dieu! c'était de lui!... De Hans!... Il vivait!

Et le cœur de la pauvre femme déborda dans un long sanglot de joie.

Le pêcheur écrivait en ces termes :

« Ma femme aimée,

» Ne pleure plus et embrasse nos petits avec joie. Vous deviez me croire mort, perdu dans l'Océan. Mais je suis sauvé et je vous serrerai encore dans mes bras.

» Mon bateau allait sombrer, quand j'ai été recueilli par un vapeur qui allait au Spitzberg, où il m'a déposé sain et sauf ; mais il n'existe pas de télégraphe ici, les occasions pour écrire sont rares, et voici la première fois qu'il m'est possible de te donner de mes nouvelles par une lettre qui me précédera de peu de jours.

» A bientôt, ma femme aimée ; je n'avais pas besoin de cette épreuve pour sentir combien vous m'êtes chers ; mais quand j'étais sur le point d'être englouti, mon souvenir ne voyait que vous, et si j'avais dis-

paru comme tant d'autres, ma dernière
pensée eût été un cri d'amour pour toi et
pour eux.

» HANS. »

Martha dut relire deux fois ces pages
pour les comprendre ; les mots dansaient
devant ses yeux, sans qu'elle en saisît le
sens. Enfin, elle redevint maîtresse d'elle-
même et put dompter son émotion. Alors,
une allégresse infinie l'emporta, comme
dans l'ivresse d'un rêve.

Puis, elle pensa à ses enfants, qui suivaient la procession des orphelins, et, sortant précipitamment, elle courut pour les
rejoindre et leur crier la bonne nouvelle.

Mais, en approchant, la vue des veuves
arrêta les paroles dans sa gorge : comment
parler de joie devant tant de deuil ?

Elle se tut ; silencieuse, frémissante, et

saisissant Eric et Christine dans ses bras, sans rien leur dire, elle les embrassa frénétiquement; puis elle se mêla aux autres femmes, en pleurant; mais ses larmes étaient d'une douceur infinie.

PEUT-ÊTRE

I

A vingt-huit ans, Lucien Darlem avait éprouvé un affreux chagrin : une jeune fille qu'il adorait, sa fiancée, était morte en quelques jours.

A l'instant où il croyait toucher au bonheur, où la vie lui semblait pleine de riantes promesses, la foudre s'était abattue sur sa tête.

Le temps, qui apaise, ne l'avait pas consolé. D'ailleurs, il ne voulait pas l'être. Sa douleur lui était chère. C'était tout ce qui lui restait de celle qu'il avait perdue, qu'il ne reverrait jamais, et qui demeurerait vivante en son cœur.

C'est en vain que ses parents et ses amis avaient cherché à distraire son deuil. Tout ce qui ne lui parlait pas d'elle lui était cruel. Il avait l'âme remplie par un amour qu'aucune satiété ne pouvait atteindre, puisque la bien-aimée dormait l'éternel sommeil.

Afin de tenter une diversion suprême, afin de le faire sortir de sa torpeur morale, en lui montrant des horizons nouveaux, sa famille voulut et obtint qu'il voyageât. Dans un cadre inconnu, là où il ne retrouverait aucun souvenir de sa fiancée, au milieu de pays étrangers, peut-être l'image adorée s'effacerait-elle un peu, comme une terre lointaine dont les contours s'estom-

pent dans la brume à mesure que l'on s'é-
loigne. Voyager, c'est ouvrir la porte à l'imprévu, qui est un magicien redoutable,
dont la baguette opère souvent des trans-
formations radicales. En France, Lucien
Darlem se blottissait dans son désespoir;
le vent des grands océans pouvait emporter
les ténèbres de son esprit.

Il ne résista pas à la pression des siens :
que lui importait le lieu où il souffrirait, le
point du monde que fouleraient ses pieds,
alors qu'il vivait par la pensée dans le séjour mystérieux des morts!

Avec les moyens de communication ac-
tuels, faire le tour de notre planète n'exige
plus beaucoup de temps ni beaucoup d'argent. Quelques mois et quelques milliers
de francs suffisent pour franchir les mers,
traverser les continents et passer la revue
des races blanches, rouges, jaunes et oires

qui se partagent le globe. Lucien partit donc du Havre pour New-York, avec le projet de visiter les États-Unis, puis de se rendre au Japon, en Chine, dans l'Inde, et de rentrer par l'isthme de Suez et la Méditerranée.

Sans se presser, en s'arrêtant au gré de sa fantaisie, il avait compté qu'il serait absent un an. Mais il ne tarda pas à s'apercevoir qu'on emporte ses larmes avec soi et que le cœur ne change pas avec les latitudes. Partout, il promena son incurable tristesse; partout, il songea à ce qu'aurait été ce voyage, s'il avait pu le faire avec celle dont l'image l'escortait.

Dès qu'il arrivait dans une ville, une force invisible le conduisait au cimetière. Là, au milieu de ces inconnus, il lui semblait être plus près de sa fiancée perdue. On avait voulu l'éloigner d'un cercueil, et

il conduisait son chagrin auprès des tom-
beaux.

II

Arrivé depuis la veille à Savannah, dans
la Caroline du Sud, Lucien était sorti de
bonne heure; il avait traversé les vastes
rues plantées de palmiers; et, suivant son
funèbre usage, il avait dirigé ses pas vers
le cimetière Bonnaventure, que le mauvais état sanitaire de la ville remplit d'un
peuple sans cesse grossissant.

Savannah est décimée, en effet, par la
« malaria », qui tient à l'humidité de son
climat. La fièvre lugubre et inexorable y
fait chaque année de nombreuses victimes.
Elle ne respecte aucun âge et, de sa faux

sans pitié, elle moissonne souvent des existences encore au printemps.

Le cimetière Bonnaventure est ombragé par de nombreux chênes, serrés les uns contre les autres, et dont l'écorce est cachée par d'immenses mousses, filles de l'humidité, qui pendent comme les stalactites d'une grotte. Ces mousses puissantes absorbent la sève de la plupart des arbres et les tuent. Les sapins, en particulier, en meurent tous.

Au milieu des chênes, s'élevait un vieux sapin tordu, dépouillé, qui donnait aux yeux l'impression de longues souffrances ; on sentait que le pauvre arbre avait beaucoup lutté pour se rattacher à la vie, avant d'être vaincu définitivement par les mousses malfaisantes ; mais il avait fini par succomber, et il était tellement serré par les chênes ses voisins qu'il n'avait pas pu tomber : c'était l'image de la mort debout.

— N'est-ce pas l'emblème de mon existence? pensa Lucien, en contemplant le débris lamentable de ce qui avait été un superbe sapin à la tête altière ; moi aussi, je me raidis contre le mal qui me détruira ; moi aussi, comme cet arbre, je serai rongé par la souffrance. Pourquoi attendre l'heure inconnue de la mort libératrice? pourquoi ne pas aller chercher l'éternel repos dans le sein de la terre? Rien ne me retient ici-bas, rien ne m'y attache. Je devrais disparaître volontairement de ce monde, où je n'ai plus ni joie à espérer, ni tâche à remplir.

Perdu dans ces tristes réflexions, Lucien parcourait lentement le champ des morts ; d'un regard distrait, il lisait les épitaphes que l'orgueil ou la pitié des familles placent sur les pierres funéraires, lorsque ses yeux s'arrêtèrent soudain sur une jeune femme vêtue de noir qui était immobile, presque sans connaissance, à demi renversée sur une tombe.

Il s'approcha aussitôt, et, à la compassion qu'il éprouva, se joignit un sentiment de surprise, en remarquant le charmant visage de celle que le hasard plaçait ainsi sur sa route, ayant besoin de son aide.

Une fontaine se trouvait près de lui : Lucien y courut, y trempa son mouchoir et revint pour mouiller les tempes de la malade.

Mais elle avait déjà repris ses sens et elle le remercia, en lui parlant anglais, avec cet inguérissable accent que conservent toujours les Français, lorsqu'ils s'expriment dans la langue de Shakespeare.

Loin de la patrie, on sent avec une in-

comparable force la puissance du patriotisme. Sur la terre étrangère, ceux qui
sont nés dans le même pays éprouvent les
uns pour les autres une sympathie immé-
diate. Ils ont l'instinct qu'ils appartiennent
à la même race, qu'ils sont les enfants de
la même mère.

Cédant à cette impression, Lucien offrit
ses services à l'inconnue ; mais elle les re-
fusa d'un ton si doux, si digne et si ferme à
la fois, qu'il comprit l'indiscrétion de toute
insistance, et qu'il s'éloigna en la saluant
respectueusement.

Toutefois, la pensée de cette jeune Française, égarée comme lui dans cette ville
américaine, le suivit. Rentré à son hôtel, il
demanda des renseignements qu'il obtint,
par hasard, aisément. Elle s'appelait Annette Darnoy et était venue, il y avait environ trois mois, rejoindre à Savannah un

frère aîné qui était mort tout récemment,
la laissant sans fortune.

— Pauvre enfant! pensa Lucien; que d'é-
preuves lui garde sans doute la vie!

Mais l'idée de lui venir en aide, qui traversa son esprit, ne s'y fixa point. De quel
droit, en vertu de quel titre, pourrait-il
intervenir dans l'existence de cette jeune
fille? Cependant, s'il renonça à la secourir,
il ne le fit pas sans regret; et il s'aperçut même qu'en fermant les yeux, il revoyait dans une sorte de fièvre l'image fière
d'une femme vêtue de deuil, l'écartant d'un
bras impérieux.

Etait-ce de l'obsession? était-ce de la
maladie? En même temps, il eut un frisson
violent. La « malaria » s'était abattue sur
lui.

Pendant plusieurs jours, il eut le délire
et fut en danger de mort. Dans les rêves

de ses nuits agitées, il lui semblait apercevoir des fantômes habillés de noir. Puis, quand ils s'approchaient de lui, ces spectres ressemblaient à l'inconnue. En vérité, c'était de l'hallucination maladive.

La convalescence ne vint pas aussi vite qu'il le pensait, et il sentit cruellement l'isolement; gravement atteint, dans une chambre banale d'auberge, entouré des soins mercenaires des indifférents, il eut soif d'affection et de tendresse, et il aspira à revoir la France, à se retremper sur le sol natal.

Aussi suivit-il aisément le conseil du médecin qui l'engagea à interrompre son voyage et à rentrer auprès des siens; et, dès qu'il fut rétabli, il s'embarqua sur un paquebot partant pour le Havre.

III

Sur le pont, à l'arrière, près du gouvernail, appuyée sur le bastingage, la première personne qu'il aperçut, ce fut Elle, — la jeune fille du cimetière de Savannah.

Pour la seconde fois, la Destinée la plaçait en face de lui, et à cette heure, dans des conditions spéciales, car la traversée allait établir forcément entre eux des rapports quotidiens.

Sur le pont étroit d'un steamer, ayant pour témoins le ciel et l'océan, Lucien pourrait parler avec Annette, sans que cela eût rien de choquant ou qui impliquât quelque familiarité.

Comme il l'avait fait à Savannah, il s'in-

clina respectueusement, et la jeune fille
lui rendit son salut; car, elle aussi, elle
venait de le reconnaître, et il lui était doux
de rencontrer quelqu'un qui ne lui fût pas
absolument étranger.

Dans certains états de l'âme, alors que le
cœur pleure, on n'éprouve de la sympathie
qu'auprès de ceux qui souffrent; les larmes
sont sœurs.

IV

Une semaine environ suffit maintenant
pour traverser l'Océan Atlantique, mais les
heures passées ensemble sur mer comptent
double. On s'ignorait au moment de l'appareillage, et on est devenu amis avant de
toucher le quai de débarquement. Vivant

entre les murailles du navire, qui permettent à peine de se perdre de vue, associés par la communauté du danger, si la tempête se déchaîne ou si le brouillard étend ses obscurités redoutables, les passagers se prennent d'affection ou d'antipathie pour leurs compagnons. Une traversée fait faire à une intimité plus de chemin qu'une année de relations banales à terre.

S'isolant des autres le plus possible, Lucien et Annette se rapprochaient chaque jour pendant de longues heures et se racontaient leurs tristesses. La joie bruyante du salon du paquebot les faisait fuir. Ils aspiraient à trouver un coin du pont, où le bruit des bouteilles de vin de champagne ne vînt pas les troubler.

Un tel tête-à-tête, dans de pareilles conditions, ne se poursuit pas impunément entre deux êtres jeunes, dignes d'être aimés, dont les cœurs battent à l'unisson. La jeune fille, malgré un manque absolu de coquetterie, ne se dissimula pas que cet homme triste, sombre et sensible lui plaisait beaucoup. Quant à lui, confiant dans le souvenir de sa fiancée morte, il subissait le charme d'Annette sans s'en rendre compte, et celui-là l'aurait bien surpris, et même offensé, qui lui eût dit qu'il s'opérait une transformation en son âme.

Le huitième jour après le départ, ils étaient assis à côté l'un de l'autre, à la tombée de la nuit. Le temps était calme; sur la mer apaisée, le paquebot filait sans secousse. Ils se taisaient, savourant l'ivresse de regarder un ciel étoilé. —

La voix du matelot en vigie les réveilla brusquement.

Cet homme signalait les phares de la Hève, qui semblaient sortir du sein de l'eau, comme les deux yeux flamboyants d'un dieu marin.

C'était la Patrie qui les regardait ainsi, et ils en furent émus.

Mais une lumière se fit dans la pensée de Lucien. D'où venait cette émotion? Etait-ce la joie de revoir la France? Etait-ce l'évocation de l'image de la morte qui reposait là-bas, dans le sein de cette terre?

Non, ce qui le troublait, c'était la perspective de quitter cette orpheline qui était là, à deux pas de lui.

Et pourquoi donc la quitter alors?... qui l'y forçait?

Il cacha sa tête dans ses mains, et il pleura, pour la première fois, sans amertume.

On ne vit pas avec les morts; on ne vit qu'avec les vivants.

Doucement, Lucien prit la main d'Annette, et ils restèrent ainsi immobiles, voyant grandir à l'horizon les falaises de la Hève, derrière lesquelles se trouvait leur avenir... peut-être.

L'ESPION

Le 7 novembre 1870, deux jours avant la bataille de Coulmiers, qui apporta le seul rayon de soleil et d'espérance dans les ténèbres de la guerre fatale, deux hommes suivaient un petit chemin creux du département du Loiret.

A leur costume on reconnaissait des cultivateurs, et à leur ressemblance on devinait deux frères. Toutefois, malgré la similitude des traits, leurs visages dénotaient une différence évidente de caractère.

12

Le plus jeune, âgé de trente ans environ, respirait l'énergie ; tandis que l'aîné semblait timide, à en juger par les regards inquiets qu'il jetait autour de lui. Ses yeux effrayés paraissaient garder le souvenir des longs temps de la servitude féodale ; et il marchait le dos voûté, comme portant le poids de l'esclavage séculaire.

Pierre et Jean Dumont étaient les fils de cette terre de France, que souillaient les pieds des chevaux allemands et qu'allait rougir le sang de l'armée de la Loire.

Ils étaient silencieux, accablés sous le fardeau de leurs sombres pensées, car la ferme qu'ils exploitaient en commun se trouvait au milieu des troupes en présence, exposée à tous les dangers de la lutte.

La nuit approchait, et ils hâtaient le pas, n'osant se parler, de peur de se communiquer leurs alarmes, se demandant si le jour, qui se lèverait le lendemain, n'éclairerait pas la destruction de leur foyer.

Pierre était veuf, sans enfant; Jean possédait une nombreuse famille et avait pour femme une de ces courageuses descendantes des Gaulois, qui portaient dans leur cœur l'âme de la patrie et dans leurs flancs l'espoir de son avenir.

Tout à coup, à un brusque coude de la route, les deux hommes furent arrêtés par un cri rauque, et une voix impérieuse leur jeta au visage une interpellation en langue allemande.

En moins de temps qu'il n'en faut pour le raconter, ils se virent entourés par un détachement de quelques hulans, commandés par un officier; et ils aperçurent des pistolets braqués sur leurs poitrines que menaçaient les fers des lances.

Le chef s'approcha, les regarda un instant avec insolence, du haut de sa monture ; puis, fixé sans doute sur leur état social par cette rapide inspection, il leur parla en français correct, avec un accent guttural.

— Dites la vérité, sinon la mort. Vous êtes du pays ?

Jean serra les dents sans répondre ; il avait fait le sacrifice de sa vie ; mais Pierre épouvanté prit la parole :

— Oui, monsieur l'officier, nous sommes fermiers dans le voisinage.

— Bon, fit le lieutenant, vous allez me servir de guides. Conduisez-moi dans un endroit où, sans être découvert, je puisse reconnaître les avant-postes français.

— Jamais, cria Jean.

Pierre claquait des dents et se taisait.

L'Allemand fit un geste de colère : « Je

vous accorde une minute pour vous décider. » Puis, s'adressant à ses soldats, il
donna un ordre que les Français ne com-
prirent pas, mais dont ils ne tardèrent pas
à deviner le sens. Des hulans descendirent
de cheval, leur attachèrent les mains derrière le dos, puis appuyèrent sur leurs
fronts les canons de leurs pistolets.

Le lieutenant prussien avait tiré sa
montre.

— Dans une minute, dit-il en français,
si vous ne vous décidez pas à obéir, on
vous brûlera la cervelle ; et il commença
lentement à compter tout haut les secondes : un, deux, trois...

Jean n'écoutait plus ; il pensait à sa
femme, à ses enfants, et il leur envoyait
le suprême baiser de sa vie qui allait finir.
Tout était dit et le sacrifice était con-
sommé. Obscur soldat du devoir patrio-

tique, il avait choisi librement la mort, n'espérant même pas que la France reconnaissante aurait une larme pour sa mémoire, une feuille de laurier pour son nom qu'elle ignorerait toujours.

Pierre, lui, frémissait de tout son être. La soif de vivre le prenait à la gorge. Il tremblait à la fois d'horreur et d'épouvante.

— J'obéirai, cria-t-il, quand la voix tranchante comme un glaive du Prussien prononçait le mot cinquante.

L'officier s'arrêta.

— Allons donc, fit-il d'un ton dédaigneux ; puis, s'adressant à ses cavaliers : Attachez-les ensemble ; il me suffit qu'un des deux nous guide ; mais je ne veux pas que l'autre puisse se sauver et prévenir de notre présence. Tenez, mettez-lui ces dix thalers dans sa poche, à celui-là qui est

sage. Tout service mérite son salaire,
ajouta-t-il avec mépris.

Jean essaya de résister; des coups de
bois de lance triomphèrent de sa faiblesse.

— Que fais-tu, Pierre ? criait-il ; au nom
de notre père qui dort là-bas au cimetière,
au nom de tout ce que tu as aimé sur la
terre, ne commets pas ce crime, mon frère :
je te maudirais.

— Qu'on les mette entre deux chevaux,
ordonna le hulan ; vous les ferez marcher
en les piquant avec vos lances.

Jean, réduit à l'impuissance, dévorait ses
pleurs, et la petite troupe s'ébranla.

Mais, à peine avait-elle fait quelques pas,
qu'un hulan arriva ventre à terre : « Les
Français ! criait-il » ; et derrière lui, le serrant l'épée dans les reins, apparurent des
dragons de Chanzy. Les Prussiens prirent
la fuite, abandonnant leurs prisonniers.

C'était le salut pour les deux frères. Le silence seul les sauvait ; car comment accuser des hommes ayant les mains liées ? Pour que ce cruel incident de leur vie fût enfoui à jamais dans l'oubli, il suffisait de se taire.

Pierre n'était plus justiciable que du tribunal de sa conscience. Il n'avait à redouter que ses remords.

Mais son esprit faible avait reçu une trop lourde secousse pour garder la moindre lucidité. Sa faute se dressa devant lui comme un spectre vengeur ; et, tombant à genoux, il prononça des mots irréparables qui étaient la plus terrible des preuves.

— Pardon ! Grâce... grâce.

— Comment, grâce ? dit l'officier français. Vous serviez donc de guides aux Allemands ? Vous êtes des espions, votre

compte est bon. Allons, qu'on les conduise
au général ; cela s'éclaircira, et on verra si
ces gens-là ne sont pas des gibiers de cour
martiale.

II

C'est dans leur propre ferme que l'on
amena les deux frères. Elle avait été occu-
pée militairement depuis quelques heures,
et servait de quartier général au commandant d'une des divisions qui allaient tenter un suprême effort pour repousser l'invasion et délivrer Orléans.

Quand ils y arrivèrent, la nuit était venue complètement et ils reconnurent à
peine leur paisible demeure, au milieu de
tout ce fracas d'hommes, de chevaux, de
canons.

Ainsi que cela arrive souvent à la campagne, la maison n'avait point de cave. Sur la façade gauche, on avait creusé dans la terre une sorte de grotte, fermée par une solide porte de chêne, qui servait de cellier.

On y enferma les malheureux après les avoir fouillés. La découverte des thalers dans la poche de Pierre excita une telle colère parmi les soldats qu'il fallut toute l'autorité des officiers pour empêcher une exécution sommaire, tant était vive l'indignation contre ces Français, qui semblaient convaincus d'être des traîtres, nouveaux Judas ayant vendu leurs frères.

Les deux fermiers essayaient en vain de se justifier. Dès qu'ils ouvraient la bouche, on les frappait à coups de crosses de fusils et des clameurs furieuses leur coupaient la parole.

Les foules sont toujours cruelles et inexorables. Mais si une implacabilité se comprend, c'est celle de braves gens qui vont combattre pour la défense de leur patrie et qui croient se trouver en face d'espions.

Ceux qui, comme les gladiateurs antiques, saluent la mort, à la veille peut-être d'être pris par elle, ont le droit d'être sévères.

Pierre et Jean, meurtris, épuisés, sans forces, furent jetés dans leur cellier. La porte se referma et ils se trouvèrent seuls, dans l'obscurité, entendant le grand fracas tumultueux du camp et le pas monotone du factionnaire chargé de leur garde.

Ils ne se dirent rien, mais ils pleurèrent. A quoi bon se faire des reproches ou s'essayer en d'inutiles explications ?

Encore quelques heures et leur destinée

serait fixée. Ils n'avaient qu'à attendre l'arrêt de leur sort.

Assis sur le sol froid, la tête plongée dans leurs mains, ils pensaient à ce qu'ils pourraient dire pour expliquer les faits.

Mais dans le trouble de leurs cerveaux, frappés par la succession rapide des événements, ils avaient peine à ressaisir leurs idées.

Le bruit d'une altercation, puis des supplications gémissantes les réveillèrent de leur torpeur. Jean tressaillit ; il reconnaissait la voix de sa femme qui parlementait avec la sentinelle. Cela remonta son cœur et il redevint lui-même.

— Est-ce toi, Françoise ? cria-t-il d'une voix forte.

— Oui, mon Jean, dit la vaillante femme. Je ne t'abandonne pas. Je sais qu'ils disent des mensonges, et me voilà près de toi, pour te défendre ; car je suis sûre, moi, que mon homme est innocent. Je t'aime, Jean, ajouta-t-elle, sentant, avec son admirable instinct féminin, qu'un cri d'amour était le meilleur appui et la plus puissante consolation qu'elle pût donner au malheureux.

Le factionnaire avait bon cœur. Cette femme lui fit pitié.

— Je ne peux pas ouvrir la porte, dit-il ; mais on ne m'a pas donné la consigne de vous empêcher de causer. Parlez-lui à travers la serrure, je n'écouterai pas ; je me promène.

Et il reprit sa marche de long en large.

D'un regard, elle le remercia, puis, s'agenouillant devant la porte, l'oreille collée contre la serrure : « Dis-moi tout », fit-elle.

Et alors ces deux êtres qu'une porte séparait se sentirent plus unis qu'à aucune

heure du passé, confondant leurs âmes,
vivant d'une seule vie.

Il lui raconta les choses terribles sur-
venues, il dit la vérité entière ; et elle
l'écoutait les dents serrées, la gorge pal-
pitante.

Quand il eut fini : « Courage, mon
Jean ; je ne suis qu'une pauvre femme,
mais je te sauverai. »

III

La cour martiale va se réunir. Pierre et
Jean Dumont ont été amenés dans la pièce
du rez-de-chaussée, où ils prenaient d'ordinaire leurs repas. C'est sur leur propre
table qu'un sergent-major, faisant les
fonctions de greffier, prépare les pièces du
jugement.

Ils sont là, tous deux, regardant d'un œil morne ces lieux familiers, témoins de leur paisible existence, et qu'ils voient peut-être pour la dernière fois. Mais une voix commande « Portez armes ! » et quelques officiers entrent.

A la place du milieu, le président s'asseoit. C'est un vieux colonel, blanchi sous le harnais, qui, d'un ton sévère, commence l'interrogatoire. On sent qu'il est pressé et que sa pensée passe au-dessus de ces misérables pour s'envoler vers les événements considérables qui se préparent.

Il est lamentable, cet interrogatoire, et les témoignages des dragons sont accablants.

Pierre balbutie. Il ne peut expliquer pourquoi on a trouvé dans sa poche des thalers allemands, pourquoi il a demandé grâce, pourquoi il s'est jeté à genoux.

Quant à Jean, qui ne veut pas charger son frère, et qui comprend la difficulté de faire croire la vérité, il se borne à répondre :

— Je jure sur la vie de mes enfants que je suis innocent.

D'ailleurs, les paroles sont inutiles ; la conviction du conseil est faite, conforme à l'opinion unanime des assistants.

Les membres de la cour martiale s'interrogent du regard, acquiescent par un signe de tête à quelques mots dits tout bas par le président ; et le greffier écrit l'arrêt que tous signent.

Alors, le conseil se lève, la garde se met au port d'armes, les spectateurs se découvrent ; et lentement, solennellement, le président lit le jugement qui, au nom du peuple français, condamne Pierre et Jean Dumont à la peine de mort comme espions,

Puis un grand brouhaha se fait; et les malheureux sont reconduits dans le noir cellier, d'où ils ne sortiront plus que pour mourir, dans quelques minutes peut-être, dès que le général aura visé l'ordre d'exécution.

Dans la cour de la ferme on prépare le fatal peloton, commandé pour l'œuvre terrible de justice.

Penché sur une carte, le général étudie le terrain sur lequel va se livrer la bataille qui porte, dans l'histoire, le nom de Coulmiers. — D'un mouvement de la main, il a ordonné à son aide de camp, qui lui apportait le jugement de la cour martiale, de ne point l'interrompre dans son travail; et le jeune homme reste debout, tenant le papier qui contient la vie de deux hommes.

Puis repliant sa carte, le vieux soldat

prend connaissance de l'arrêt ; et, d'une plume ferme, il écrit au bas son nom qui, à cette minute suprême, signifie la mort.

Mais la porte s'ouvre, et Françoise Dumont, qui a réussi à forcer la consigne du planton, se précipite vers le général. D'une voix haletante, elle dit qui elle est, elle demande qu'on fasse grâce à son mari, elle raconte son innocence.

Le général fait signe à son aide de camp de sortir avec l'ordre inflexible. On voit qu'il ne croit point cette femme, que ses prières le contrarient sans le convaincre et qu'il déplore l'ennui de se trouver en face d'elle, que son humanité ne permet pas de chasser.

Françoise sent que tout va être perdu, que les minutes sont des siècles ; et alors, puisant dans son cœur de femme et de mère des accents d'une éloquence incom-

parable, elle finit par ébranler, la conviction de celui qui en cet instant est
l'arbitre de son sort. Mais il garde le
silence.

Alors la malheureuse se jette à ses pieds;
elle embrasse ses mains : « Grâce, grâce !
crie-t-elle. Laisserez-vous mourir un
innocent ? »

Son émotion gagne l'officier, mais que
peut-il? Comment sauver cet homme, sans
tuer le moral de l'armée, sans compro-
mettre son influence sur la troupe, cette
influence dont il va avoir besoin à une heure
où le salut du pays sera l'enjeu terrible?

A cet instant, sous les fenêtres de la
ferme, on entend les clairons et les tam-
bours d'un régiment qui se met en marche.

Le général relève la femme, il la conduit, il la porte presque jusqu'à la fenêtre;
et lui montrant les mobiles : « Tenez,

regardez ces hommes ; tous sont innocents et, dans quelques heures, la moitié peut-être aura trouvé la mort. Je ne puis rien, » ajouta le vieux soldat, les yeux humides, en se précipitant hors de la chambre.

Françoise, épouvantée, éperdue, restait immobile. Un feu de peloton se fit entendre, et elle s'agenouilla en sanglotant ; car elle comprit qu'elle était veuve et ses enfants orphelins.

Et, au loin, on entendait les trompettes d'un escadron de cavalerie, dont le bruit s'éteignait dans l'éloignement comme un appel de la patrie en danger.

PAULE DE KERNAC'H

I

L'église de la Madeleine avait son aspect de fête. Dans le vaste monument, qui évoque les souvenirs du paganisme, et où le culte catholique semble un nouveau venu, comme, dans certaines basiliques de Rome, le soleil se jouait à travers les vitraux et luttait contre la lumière des cierges qui illuminaient le maître-autel. Des massifs de plantes, placés par des mains artistiques, et des fleurs en profusion, di-

saient qu'il allait. se passer une de ces
somptueuses cérémonies qui sont réser-
vées aux heureux de la terre.

Deux suisses superbes promenaient leurs
uniformes brodés au milieu des spectateurs nombreux. La foule élégante occupait les chaises, dont pas une ne demeurait
vide.

On entendait ce murmure spécial aux
mariages, lorsque, personne n'étant ému,
les convenances obligent à baisser la voix.
Sauf quelques femmes, arrivées les dernières et agenouillées, pour obéir aux
mœurs de la bonne compagnie, par une
courte prière initiale, tout le monde était
assis, comme dans un salon, et l'on causait des choses qui occupaient Paris en ce
moment.

C'était un grand mariage, en effet, car ce
jour-là, 25 mai 1869, le brillant vicomte

Marcel d'Haublé, fils de l'ancien chef du
parti royaliste en Vendée, mort sénateur
de l'Empire, épousait la belle Gaëtane
Ledru, dont les millions avaient été visés
par de nombreux chercheurs de dot.

Auditeur au conseil d'État, objet d'une
faveur spéciale aux Tuileries, où on le
choyait comme une recrue enlevée au parti
légitimiste, Marcel d'Haublé appartenait à
une génération dont les scrupules étaient
rares et les appétits très vifs.

Peu riche par lui-même, il avait poursuivi et trouvé dans Gaëtane la fortune désirée. D'ailleurs, elle était orpheline et, en
venant dorer le blason de son mari, elle n'apportait à sa suite aucune famille gênante.

Une fois débarrassée de son nom de Ledru, la future vicomtesse ne remorquait
aucune épave de son passé roturier; car sa
seule parente était une jeune sœur, fille

d'un second lit, Paule de Kernac'h, qui appartenait par sa naissance à l'aristocratie
de Bretagne, aussi riche en blason que
pauvre d'argent.

Élevées dans le même couvent, les deux
sœurs s'aimaient peu. Elles s'étaient en-
viées mutuellement, l'une son nom, et
l'autre sa fortune ; quoique cette jalousie
se cachât sous les câlineries familières aux
jeunes filles.

Leurs caractères différaient d'ailleurs
complètement. Elles n'avaient ni les
mêmes qualités, ni les mêmes défauts.
Gaëtane, froide, maîtresse d'elle, ambitieuse, calculatrice, était incapable d'une
folie, mais aussi d'un acte d'élan ; tandis
que Paule, plus ardente, plus passionnée,
pouvait, au gré des événements, se jeter,
tête baissée, dans une folie ou dans un
héroïsme.

Cependant, la grande porte de l'église
venait de s'ouvrir, l'orgue lançait à pleine
volée la cascade de ses notes, et, sur un air
de marche triomphale, le cortège s'avançait lentement, solennellement.

On montait sur les chaises pour regarder
les mariés ; puis les yeux s'arrêtaient sur
Paule, que les hommes trouvaient plus
jolie que sa sœur ; tandis que les femmes
faisaient des réflexions sur Marcel, jugé
charmant et d'une distinction parfaite.

Maintenant, la cérémonie du mariage
était commencée. Le prêtre adressait un
long discours aux jeunes mariés qui l'écou-
taient, préoccupés et émus, car la parole
ecclésiastique remuait en eux les souvenirs du passé et les espérances de l'avenir.

Derrière eux, Paule priait avec toute l'ardeur de sa jeune foi et tout l'emportement
de sa nature. A cet instant, son cœur était

rempli de bons sentiments ; et, sans aucune arrière-pensée, elle demandait au
ciel le bonheur pour Gaëtane et pour le
brillant jeune homme qui lui plaisait
infiniment, et qui devenait son beau-
frère.

Puis, un grand mouvement : la cérémonie était finie, et on passait à la sacristie.
A peine placées pour le défilé, les deux
sœurs s'embrassaient plus tendrement
qu'elles ne le faisaient d'ordinaire. Il y
a ainsi dans la vie des heures bénies, où
les âmes s'imprègnent uniquement de bons
sentiments ; les mauvais instincts sont re-
foulés par l'émotion née des circonstances.
On se trompe soi-même, en croyant à la
durée de ce que l'on pense ; mais, quoi
qu'il arrive plus tard dans l'existence, ces
instants-là restent de précieux souvenirs,
comme tout ce qui élève au-dessus des tris-

tesses humaines et emporte vers les sommets roses de l'idéal.

Comme Paule avait terminé son éducation, il était convenu qu'elle viendrait
habiter chez sa sœur jusqu'à son propre
mariage ; mais, en attendant le retour du
voyage de noces, elle devait rester au couvent.

C'est là qu'elle se retrouva quelques
heures après, encore tout agitée par les
émotions de cette journée, escortant par la
pensée ces jeunes mariés qu'un train em-
portait rapidement vers leurs destinées
nouvelles, évoquant l'image de l'inconnu
qu'elle suivrait sans doute à son tour, si
la médiocrité de sa fortune ne la condam-
nait pas à vieillir solitaire au foyer brillant
de Gaëtane.

Elle se rappelait cette foule empressée,
ces parfums d'encens, ces tumultes de

l'orgue. Mais, dominant tout le reste, elle apercevait la fine moustache de Marcel d'Haublé ; elle revoyait son regard doux et impérieux à la fois ; et, au moment de se confier au sommeil, c'est à son élégant beau-frère qu'elle sourit, en lui envoyant, ainsi qu'à Gaëtane, un gracieux souvenir et une chère espérance ; car elle croyait trouver le bonheur entre eux deux.

II

C'est en Italie que Marcel et Gaëtane s'étaient rendus d'abord ; mais la saison était avancée déjà et l'arrivée de l'été ne tarda pas à les rappeler au nord.

D'ailleurs l'Italie n'est pas, malgré l'usage, l'endroit où il convient d'aller épeler avec une nouvelle mariée le divin alphabet

des amours naissantes. Une jeune fille su-
bit, à ce moment de la vie, trop d'émotions de toutes sortes pour pouvoir comprendre les charmes italiens. Cette profusion de musées, ce tourbillon d'œuvres
d'art, cette évocation d'une histoire, qui
a été celle de l'univers, fatiguent son attention et troublent son esprit. Elle jouit
mal du passé romain, ou des splendeurs
du catholicisme, ou des molles langueurs
de Florence et de Venise, lorsque les agi-
tations du présent l'emportent vers les
cimes éthérées. Pour comprendre l'Italie,
il faut la voir à deux, en s'aimant, mais en
ayant déjà derrière soi quelques mois de
tendresse. C'est la terre des passions et non
celle des vierges.

Puis ils avaient à s'occuper de l'installation de leur hôtel, de façon à ce que tout
fût prêt pour l'hiver ; car ils comptaient

recevoir, mener grand train, jouir de la fortune apportée par Gaëtane, et qui servirait de cadre doré au jeune ménage pour tenir sa place dans le monde brillant, où Marcel avait vécu jusque-là.

Ils rentrèrent donc assez vite à Paris, et, ainsi que cela avait été convenu, Paule vint habiter chez sa sœur, qu'elle accompagna dans le monde pendant l'hiver qui précéda la guerre.

Cet hiver fut charmant pour tous trois. La jeune femme et la jeune fille savouraient également cette existence fiévreuse des mondaines ; et Paris semblait emporté par un vent furieux de plaisir, sans se douter qu'il expiait ainsi d'avance les heures terribles que lui gardait une destinée prochaine.

Quant à Marcel, ravi d'un luxe qui souriait à tous ses goûts, adulé, depuis son

mariage qui l'avait fait riche, dans la brillante société officielle, il jouissait de la
présence à ses côtés de sa femme et de sa
belle-sœur, et il se disait que l'avenir serait bien beau, à en juger par le présent.
Son ambition pouvait tout rêver.

Une expérience plus grande de l'existence
leur eût cependant montré un danger qui
existait, que des yeux plus clairvoyants,
plus âgés, auraient discerné peut-être à
l'horizon, et qui tenait à deux causes.

Gaëtane et Paule continuaient à ne pas
s'aimer. Par la loi fatale de l'atavisme,
chacune d'elles ressemblait à son père ; ce
qui veut dire que ces deux sœurs étaient
absolument différentes. Gaëtane trouvait
un peu gênante cette éclatante escorte, et
elle l'aurait mariée avec plaisir. Seulement
il fallait trouver un mari. Dans l'aristocratie, c'était difficile, sans fortune. Aussi

l'eût-elle donnée volontiers à un homme
d'une naissance modeste, s'accordant ainsi
la revanche du temps, où elle s'appelait
Ledru.

Paule, de son côté, souffrait un peu de sa
situation secondaire dans la maison ; seulement la pensée de se placer, par son mariage, dans un milieu social inférieur, lui
répugnait, d'autant plus, et c'était là le second péril, que son beau-frère la rendait
difficile par la comparaison, attendu qu'elle
le trouvait charmant, de même qu'il la ju-
geaît ravissante.

Évidemment, à richesse égale, c'est elle
que Marcel eût épousée ; c'est avec elle
qu'il se sentait en communauté de goûts et
d'idées, vivant un peu dans les nuages tous
deux ; tandis que la belle vicomtesse représentait, de la façon la plus nette, la pratique des choses et la réalité de l'existence.

Aussi, petit à petit, Marcel et Paule glissaient-ils dans une intimité intellectuelle trop grande ; car l'amour ne perd jamais ses droits entre un homme et une femme jeunes. Certaines communions de l'esprit sont la semence d'où germent des passions ; et c'est ainsi que, sans s'en douter, le beau-frère et la belle-sœur dérivaient, au gré du flot qui les berçait, vers les chutes d'un torrent, pendant qu'insouciante ou dédaigneuse, Gaëtane, fière de sa situation d'épouse et de son titre, ne prenait pas sa place légitime dans l'âme, dans le cœur de son mari.

Qui peut prévoir ce qu'aurait amené cette situation, par la pente naturelle des choses, si aucun fait considérable ne s'était produit ? Rien probablement ! Paule aurait subi la loi commune du mariage, et aucune tempête ne se serait élevée dans sa

14

vie. Comme tant d'autres, ils auraient tous
trois vécu sans histoire, ce qui est peut-être
le bonheur ici-bas, pour les individus de
même que pour les peuples.

Le coup de tonnerre de la guerre boule-
versa brusquement cet avenir, comme il
en brisa tant d'autres, en France, emportés dans le désastre de la patrie.

Quand la marée sanglante de l'invasion
se fut retirée, laissant la France dévastée et
mutilée, Marcel d'Haublé se sentit soudain
gravement froissé par l'attitude de Gaëtane.
Dans cette triste chose qui s'appelle un
mariage de convenance et qui avait été leur
union, il faisait faillite à ses promesses,
puisqu'il n'était plus rien et qu'elle était
toujours riche.

S'ils s'étaient aimés, aucun nuage ne se
serait élevé entre eux. L'amour, divin consolateur, remplace tout, de même qu'il dore

tout des rayons de son soleil. Qu'importent
l'ambition déçue, une carrière perdue, les
satisfactions même de la vanité, si on se
serre l'un contre l'autre, et si, dans un baiser, on échange son âme !

Mais ils ne s'aimaient pas ; et ils ne
s'étaient jamais aimés ; et alors Gaëtane en
voulait à son mari de s'être inféodé au ré-
gime déchu et d'avoir associé sa fortune
politique à une dynastie maintenant en
exil.

S'ils avaient eu un enfant, tout cela n'eût
été rien. A côté du berceau du nouveau-
né, on ne songe plus qu'à lui, à ce frêle espoir qui porte le secret de l'avenir ; on sourit à son sourire, et le monde s'efface derrière le petit visage rose, chair faite de
votre chair.

Mais leur maison était vide du joyeux
bruit d'un bébé ; et chaque jour creusait

davantage l'abîme qui s'ouvrait entre Gaëtane et Marcel.

Certains mots blessent plus profondé-
ment qu'un coup d'épée ; certaines nuances
font au cœur d'irréparables plaies. Gaëtane
laissait sentir trop souvent sa richesse ;
et on devinait qu'elle se plaignait de n'en
avoir pas profité pour se marier dans des
conditions plus hautes. Pour elle, Marcel
était le mari de la Reine, trop heureux de
se tenir sur les marches de son trône.

Le vicomte d'Haublé en souffrait un peu,
et en était surtout irrité ; petit à petit, son
esprit acceptait l'hypothèse d'une rupture
violente. Paule s'efforçait en vain de servir
de médiatrice. Le rôle de conciliateur est
toujours difficile, car il exige une impartia-
lité qui existe rarement et qui est recon-
nue plus rarement encore par ceux
auxquels on s'adresse.

Chacun jugeant avec ses passions, à son point de vue, trouve qu'on n'embrasse pas assez sa cause et qu'on est injuste, par cela même qu'on s'efforce de tenir la balance égale.

Un incident personnel rendait, du reste, la situation de Mlle de Kernac'h un peu délicate : on l'avait demandée en mariage, et malgré l'insistance de Gaëtane, elle refusait obstinément le parti honorable qui s'offrait à elle. Marcel, lui, restait neutre, ne disait rien, ce que sa femme lui reprochait aigrement.

Celui qui demandait la main de Paule était un jeune médecin, camarade de collège de M. d Haublé et qui avait conservé avec lui des relations très amicales, tout à fait intimes, malgré la différence des situations. Il se nommait Henri Tornier et pouvait, grâce à une petite aisance et à une

clientèle déjà sérieuse, s'offrir le grand et
précieux luxe de se marier, en écoutant
seulement son cœur.

Il ne déplaisait pas à Paule, quoiqu'il res-
semblât un peu trop à tout le monde ; et
elle le traitait avec une visible cordialité,
trop grande même, car cette bienveillance
avait fait supposer au jeune docteur qu'il
serait agréé et avait allumé son amour.

Chez tous les hommes, la pensée de
plaire produit un effet analogue. Elle les
enflamme. M. Tornier s'était épris, parce
qu'il se figurait être trouvé séduisant, en
quoi il se trompait.

Paule regrettait beaucoup ce malentendu,
qui la privait d'un aimable causeur, dans
le salon de Gaëtane ; car elle n'osait plus
témoigner de l'amitié, de peur qu'Henri
n'y vît un encouragement pour un projet
qu'elle repoussait absolument.

Mais sa réserve n'avait pas changé ses sentiments affectueux pour cet ami dévoué de son beau-frère. Elle savait que, le cas échéant, c'était là que Marcel irait se confier et chercher un appui. De son côté, en jetant les yeux autour d'elle, elle se disait que nul ne lui inspirait plus d'estime que M. Tornier. Sauf pour en faire son mari, elle l'aimait vraiment beaucoup.

Les choses en étaient là, se traînant péniblement, s'obscurcissant par le fait même du temps qui se passait, lorsqu'une discussion, minime à l'origine, entre les deux époux prit soudain un caractère de violence extrême.

Quand le ciel est chargé d'électricité, la foudre éclate au moment imprévu. C'est ce qui se produisit entre Marcel et Gaëtane. Une observation légère de son mari, à propos d'un renouvellement de chevaux,

qu'il jugea inutile, exaspéra la jeune
femme. Elle parla de sa fortune person-
nelle, qui subvenait seule aux dépenses de
la maison, et du droit qu'elle possédait
d'user à sa guise de ses revenus.

Ce langage excessif irrita d'autant plus le
vicomte qu'il comprenait l'infériorité du
rôle de celui qui a trouvé la richesse en se
mariant. D'une façon âpre, il rappela les
pouvoirs qu'il tenait de la loi ; et le mot de
séparation fut prononcé.

Au bout de quelques instants, la scène
prit un caractère tel que les règles de la
courtoisie mondaine furent oubliées. De
part et d'autre, on méconnut toute mesure
et toute retenue. Le divorce moral s'accom-
plit, irréparable.

Rentré dans son appartement personnel,
Marcel n'hésita pas longtemps. Sonnant son
valet de chambre, il lui donna l'ordre de

préparer une valise pour un long voyage, puis d'aller lui chercher un fiacre.

Quand sa malle fut faite, il descendit d'un pas ferme l'escalier de l'hôtel, monta dans la voiture et donna l'adresse de son ami Henri Tornier. C'est là qu'il voulait aller prendre un dernier conseil, et c'est de là qu'il comptait s'élancer vers les destinées futures qu'il entrevoyait.

Indécis encore sur ce qu'il ferait, il n'avait qu'une chose arrêtée dans sa pensée : se créer l'indépendance et acheter sa liberté par son travail.

Il n'avait pas d'enfant, il n'aimait pas Gaëtane ; il ne laissait rien derrière lui. — Ne laissait-il rien ? Au moment où la porte se referma, une vision passa devant ses yeux. Il revit le gracieux visage de sa belle-sœur et c'est à cette image que son cœur dit adieu.

Ces événements s'étaient passés très rapidement. Quand un fruit est mûr, le vent le touche à peine et aussitôt il tombe. Gaëtane, rentrée dans son appartement personnel, réfléchissait depuis quelques instants au parti qu'elle prendrait, lorsque Paule, qui ignorait tout, entra, prête à sortir, les deux jeunes femmes devant aller ensemble à un concert de charité.

Surmontant son agitation et ne voulant rien dire à sa sœur jusqu'à nouvel ordre, Mme d'Haublé sonna sa femme de chambre pour s'apprêter à son tour, mettant sur le compte d'une légère migraine l'altération évidente de ses traits. Elle achevait de poser son chapeau, lorsqu'on lui apporta la lettre suivante, dont l'enveloppe surprit Paule, car elle reconnut l'écriture de son beau-frère.

Gaëtane lut ce qui suit :

« Après l'explication qui a eu lieu aujour-d'hui entre nous, vous ne serez pas sur-prise d'apprendre que vous ne me reverrez jamais. A partir de cet instant, vous êtes veuve. L'irréparable est accompli. J'espère que vous respecterez le nom de mes pères que je vous ai donné. Je vous ai prise riche, je vous laisse avec votre fortune entière. Je ne vous dois rien. Que Dieu vous par-donne d'avoir brisé ma vie. Je ne regrette que Paule, qui était la seule joie de ma triste demeure et que j'aurais voulu voir encore une fois. — Mais il vaut mieux non. Tâchez de la rendre heureuse. Je lui envoie un tendre souvenir.

» Adieu à jamais.

» MARCEL. »

Ce n'est pas sans émotion que Gaëtane lut ces quelques lignes décousues, qui témoignaient de l'état d'âme violent, dans lequel se trouvait son mari. Que signifiait ce langage un peu incohérent ? Que voulaient dire ces mots : « Vous ne me reverrez jamais ? » Qu'allait-il devenir ? Que comptait-il faire ? Peu lui importait, après tout ; elle était libre, millionnaire, belle ! Avec cela, on règne à Paris.

Paule l'interrogeait d'un regard anxieux. Pour s'éviter la peine d'un récit, elle lui tendit la lettre. — « Tiens, lis, » dit-elle.

Autant Mme d'Haublé était restée maîtresse d'elle-même, autant sa sœur fut secouée par cette lecture. En un instant, son imagination allant aux limites extrêmes, elle se dit que Marcel voulait se tuer et que ce petit mot était le lugubre billet de faire part d'un suicide.

Avec l'emportement de sa nature, elle pressa Gaëtane d'agir, de se mettre à la recherche de son mari, d'empêcher un affreux malheur. Mais elle se heurtait à un mur de glace. D'ailleurs, où trouver M. d'Haublé?

A toutes ses prières, Gaëtane répondait par quelques mots dédaigneux. A la fin, irritée, pressée dans ses derniers retranchements, elle s'écria : « Mais, cours après lui, toi, puisque tu y tiens tant ! » et ses yeux soulignèrent ces paroles offensantes.

« Soit, cria Paule, au comble de l'indignation, j'y vais ! » et elle se précipita hors de la pièce.

Le souvenir de son ami, de M. Tornier, traversa son esprit.

— « Là, je saurai, pensa-t-elle ; » et elle descendit en courant jusqu'à la porte de la rue. Un fiacre passait ; elle y sauta et donna l'adresse de celui chez qui elle espérait trouver des nouvelles.

Mais une fois en voiture, elle songea à l'inconvenance de sa démarche. Aller seule chez ce jeune homme ! Elle décida avec elle-même qu'elle ne monterait pas, et qu'elle le ferait prier de descendre lui parler.

Henri Tornier n'était pas chez lui. Il venait de s'en aller avec un de ses amis, que Paule reconnut pour son beau-frère, au portrait qu'en fit la concierge. On ne savait pas à quelle gare ils s'étaient fait conduire ; mais c'était une gare probablement, car il y avait une malle.

Ainsi tout conspirait contre elle pour apprendre la vérité. Si Henri était parti, lui aussi, la crainte du suicide diminuait ; mais, en y réfléchissant, il n'avait pas pu s'absenter, trop de choses le retenaient à Paris. Il devait rentrer, après avoir conduit son ami au chemin de fer. Il suffisait d'attendre.

Alors, blottie au fond de la victoria, Paule compta les minutes. La nuit était venue, petit à petit les lumières du gaz s'allumaient; mais elle ne voyait rien que cette porte cochère, au bas de laquelle elle attendait le retour de M. Tornier. Plus les passants se faisaient rares et plus ses nerfs prenaient le dessus; elle ne songeait pas que le temps du dîner était passé. Elle était dans un de ces états de surexcitation, où certaines femmes deviennent presque inconscientes. Soudain, elle eut chaud au cœur. Elle venait d'apercevoir Henri. A ce moment une horloge voisine sonna onze heures.

.   .   .   .

.   .   .   .

.   .   .   .

Que se dirent-ils? Que se passa-t-il dans cet entretien entre cette jeune fille et ce jeune homme qui l'aimait ? Paule ne s'en souvenait plus. Une seule chose restait dans sa mémoire : elle avait appris que Marcel partait le lendemain, de grand matin, du Havre pour New-York, et qu'il y avait un train à minuit, gare Saint Lazare.

Comment prit-elle son billet, comment passa-t-elle ce voyage ? tout cela était confus ; elle avait eu l'ivresse du cœur.

Il était six heures du matin, lorsque Paule, brisée par les tempêtes de sa pensée, plus encore que par la nuit d'insomnie et la fatigue du voyage, se trouva, au Havre, dans la cour de la gare.

Obéissant à l'appel d'un cocher, elle monta dans une voiture et demanda de la conduire au transatlantique en partance. « Faut nous presser, dit l'homme, car voilà l'heure de la pleine mer et il ne va pas tarder à démarrer. »

D'un coup de fouet, il enleva le cheval qui partit au galop, pendant que Paule anxieuse se demandait, penchée au carreau, si elle arriverait à temps.

Ne sois pas inquiète, pauvre enfant. C'est ta destinée qui court devant toi et on la rejoint toujours !

Le long du bassin, le monstrueux navire était encore relié au quai par une dernière passerelle. D'un pas agile, Paule la franchit ; elle venait d'apercevoir Marcel debout, à l'arrière de la dunette, jetant un long et triste regard sur cette ville française qu'il allait quitter, dernière image de la patrie, qu'il voulait emporter gravée dans son cœur.

Il ne la voyait pas s'approcher et elle le touchait presque, quand il la découvrit devant lui. Très émus tous deux, ils se regardèrent sans parler, ayant tant de choses

15

à se dire que les paroles n'arrivaient
pas.

Dans cette foule empressée qui remplit
le pont d'un paquebot, au moment du départ, nul ne faisait attention à eux. Un
matelot la poussa involontairement avec
une lourde caisse. Elle jeta un léger cri ; il
la crut blessée.

— Vous, dit-il, vous ici ! c'est vous qui
venez me trouver dans une pareille cir-
constance !

Par un geste qu'il crut fraternel, il lui
prit la main et l'attira sur sa poitrine pour
l'embrasser affectueusement. Après s'être
raidie une seconde, elle céda à son doux
appel, et leurs visages se rapprochèrent.

Mais alors, d'un mouvement instinctif,
dont ni elle, ni lui, n'avaient deviné la violence, ils échangèrent le plus imprévu et
le plus ardent des baisers. L'emportement

de l'amour les saisit ; ils s'aimaient, sans
s'en douter.

Le choc fut si vif que la jeune fille,
épuisée par ces longues heures d'agitation,
pâlit soudain, prête à s'évanouir. Il la fit
asseoir sur un banc ; elle y demeurait haletante, et l'on devinait ses palpitations au
soulèvement de sa poitrine.

Comment la soigner et la calmer, au
milieu du tumulte qui précède un appareillage ? La soutenant avec l'aide d'un
marin, il la fit descendre dans sa cabine,
espérant que, dans ce repos relatif, elle
s'apaiserait.

Au bout de quelques minutes, en effet,
les couleurs revinrent sur ses joues et elle
put parler ; mais que lui dire, après l'effroyable découverte qui s'était produite
dans leurs esprits ? S'ils ne se quittaient
pas brusquement, s'ils restaient ainsi, la

main dans la main, les yeux dans les yeux, le monde moral s'écroulait pour eux. Tout ce que Paule avait cru, toute la foi de sa piété, tout l'honneur de sa virginité disparaissaient; elle demeurait sans force, livrée à sa passion, qui venait de faire explosion.

Soudain un grand bruit se fit entendre. Comme dans un gigantesque tressaillement du colossal transatlantique, on était secoué par le mouvement de l'hélice mise en marche. Le paquebot avait quitté son poste dans le port, remorqué par deux petits vapeurs; et maintenant, en face du phare de la jetée, ayant devant lui la grande mer libre, il s'élançait vers le nouveau monde.

Par la fenêtre de la cabine, Paule apercevait le bout de la jetée, qui passa, rapide vision; puis plus rien que le ciel et la mer. Elle était en route pour l'Amérique.

A cet instant, un maître d'hôtel parut à la porte de la cabine.

— Inscrivez un voyageur en plus, à côté du nom du vicomte d'Haublé; ma femme m'accompagne, dit Marcel.

« Ma femme, ajoute-t-il tout bas, oui devant Dieu qui m'entend, ma seule femme jusqu'à la mort. »

III

Les adeptes nouveaux d'une religion la professent toujours avec une ardeur incomparable. Il y a du mysticisme dans toutes les abjurations. Paule et Marcel n'avaient qu'une excuse à se donner : ils devaient s'adorer ; et, devant leurs propres yeux, l'immensité de la passion absolvait seule l'immensité de la faute.

Certes, ils avaient des circonstances atté-
nuantes à invoquer, quand ce ne seraient
que l'explosion subite de leur amour et les
conditions de leur départ. Ils n'étaient pas
obligés, comme un homme d'État célèbre,
de dire : « J'ai regardé mon crime en face,
et je l'ai accompli. »

Non ! Rien n'avait été prémédité, ni
conçu. Les événements les avaient jetés
dans les bras l'un de l'autre avec une brus-
querie qui avait supprimé leur libre arbitre.
Ils avaient eu leurs existences liées par une
force invisible et suprême, que les incré-
dules seuls appellent le hasard. La main
redoutable de la fatalité les avait saisis et
conduits. Ils pouvaient être les victimes de
leur amour ; ils n'étaient pas des coupables.

Puis, qu'importe un raisonnement, fût-il
juste ou fût-il faux, lorsque l'ivresse du
cœur se joint à l'ivresse des baisers !

Ils s'aimaient; et si cela avait dépendu d'eux, ils auraient arrêté la marche du paquebot et prolongé cet intermède de leur vie, entre le passé qui avait disparu derrière eux, avec la terre de France, et l'avenir qui allait leur apparaître, lorsqu'à l'avant du steamer, ils découvriraient la ligne bleue du continent américain.

Comme pour célébrer les noces d'azur de leur union, la mer s'était faite douce et clémente. On eût dit que le transatlantique glissait sur un grand lac, dont aucun souffle de vent ne ridait la surface.

Lorsque le jour se levait, ils montaient sur la dunette et ils assistaient à l'admirable apparition du soleil, sortant du sein des ondes, comme un globe d'or en fusion. Puis, en dehors des heures des repas, qui leur paraissaient toujours trop longues, ils s'isolaient sur deux fauteuils qu'ils plaçaient côte à côte, tout à fait à l'arrière ; et ils restaient là, parlant tout bas, les yeux noyés dans le sillage blanc d'écume.

Quand les ombres de la nuit couvraient le paquebot, ils demeuraient encore là longtemps, la main dans la main, regardant les étoiles qui s'allumaient une à une ; jusqu'à l'instant où ils descendaient chercher un sommeil qu'ils ne trouvaient pas.

Se refusant à toute conversation qui ne fût pas banale, ils vécurent ces quelques jours de traversée, isolés au milieu de ce monde pressé qui remplit un paquebot, ne voulant se créer aucune relation, savourant les délices du tête-à-tête.

Bientôt, aux États-Unis, la réalité les reprendrait ; ici, ils voulaient rester dans leur rêve, habiter les sommets charmants de l'idéal, se figurer qu'ils demeureraient toujours sur la chimère amoureuse.

Ils n'avaient aucun projet et n'en faisaient pas. A New-York, Marcel connaissait quelques personnes, rencontrées jadis dans le monde parisien. Il verrait à utiliser ces souvenirs et à se faire une situation, ce qui était indispensable, car il n'avait que peu de ressources.

Quant à Paule, elle ne se rendait pas compte de la charge matérielle qu'elle apportait. Seul, un homme peut tout tenter et tout risquer. Son isolement est une force immense ; il n'a à compter qu'avec sa propre existence, et c'est un enjeu qu'il est permis de jeter sur le tapis vert de la fortune.

Dès que l'on a la responsabilité d'une femme, les mains sont liées. On ne peut risquer certaines aventures, se lancer dans certaines tentatives. Qu'est-ce, quand cette femme est une infortunée qui a tout brisé pour se souder à vous et qui n'a plus devant elle que vous ou la mort ?

Mais, ces sombres pensées ne les hantaient pas. Ils les écartaient, s'ils en avaient la velléité. Jeunes, beaux, amoureux, libres puisqu'ils avaient tout sacrifié à la liberté, ils se disaient que le bonheur présent avait payé d'avance tout ce que garderait l'avenir. La vie, pour eux, était dans un baiser.

Mais, ici-bas, le bonheur dure peu et s'expie vite. Dès l'arrivée à New-York, la réalité saisit les deux transfuges de la convention sociale.

C'est une erreur fréquente, en Europe, de croire qu'il est aisé de faire fortune dans le nouveau monde. Nulle part la bataille pour la vie n'est plus âpre, nulle part la lutte pour se faire une place au soleil n'exige plus d'énergie.

Marcel ne tarda pas à en faire l'expérience.

Ceux qu'il avait rencontrés sur le pied de l'égalité à Paris, qui lui avaient peut-être porté envie sur les bords de la Seine, ne lui firent pas l'accueil qu'il prévoyait avec ses illusions de jeune Français, né dans les rangs de l'aristocratie.

Là où on demande « combien un homme possède de dollars » pour se faire une opinion sur lui, et régler son affection d'après la richesse qu'on lui attribue, le vicomte d'Haublé ne représentait presque rien.

Son titre eut été une valeur commerciale, s'il avait voulu l'apporter à la fille ambitieuse de quelque opulent Yankee ; mais il était marié en France, en outre la présence de Paule avait supprimé l'hypothèse d'une dot à échanger contre un blason.

Vivant modestement dans une de ces maisons meublées, si nombreuses sur les

rives de l'Hudson, les deux amants ne tardèrent pas à comprendre que la plus évidente des libertés dans la grande république
américaine, était celle de mourir de faim.
Il fallait absolument se créer des ressources.

Dans un sentiment aisé à concevoir,
Marcel n'avait écrit à personne en France,
pas même à l'ami dévoué qui l'avait conduit à la gare et qui, instrument du destin,
lui avait envoyé Paule, en lui faisant savoir
où elle pourrait le rejoindre.

Il pensait que sa disparition, en même
temps que celle de sa belle-sœur, avait l'é-
loquence irrésistible d'un fait qui supprime
toute hésitation dans les esprits, et aussi
toute explication possible.

L'Océan n'était pas assez large, l'abîme
n'était pas assez profond pour les séparer,
au gré de leurs désirs, de leur passé. Ils

voulaient que la vie datât pour eux de la seconde précise où, déchirant les lois humaines, ils s'étaient donnés l'un à l'autre.

Dans la maison où ils vivaient, descendait, à chaque voyage, le capitaine d'un paquebot qui faisait un service régulier entre New-York et la Havane. Comme la traversée n'est pas longue, ce marin revenait fréquemment, s'il restait peu. C'était un Espagnol appelé Gomez, déjà d'un certain âge, qui cachait, sous la rudesse apparente aux hommes de mer, un cœur très sensible.

Le capitaine Gomez s'était pris d'amitié pour ces deux jeunes gens qu'il voyait si tendrement unis, et qu'il devinait embarrassés pour arranger leur existence ; et comme il était tout, sauf un homme du monde, il avait forcé leur confiance, en les interrogeant avec tant de bonhomie, qu'ils s'étaient épanchés auprès de lui.

Ils ne lui avaient pas avoué la vérité ; mais ils s'étaient donnés pour deux jeunes mariés, ayant rompu avec leurs familles pour s'unir, et obligés de compter sur eux seuls.

A un de ses retours, Gomez arriva tout joyeux. Il croyait avoir trouvé, dans l'île de Cuba, une situation pour Marcel. Il s'agissait de diriger une belle sucrerie, appartenant à une vieille dame française, veuve, sans enfant, qui cherchait un compatriote honorable pour lui confier la gestion de ses intérêts. Seulement il fallait se presser; la place était tentante et pouvait être prise du jour au lendemain. Il fallait partir dans quarante-huit heures, avec le paquebot du capitaine.

Paule était souffrante; pas assez pour inquiéter, trop pour risquer une traversée. Malgré le déchirement de la séparation, il fut décidé que Marcel irait seul et reviendrait la chercher, si la combinaison pouvait se faire. C'était une absence de deux semaines au plus.

Quand on se quitte, fût-ce pour quelques heures, est-on certain de se revoir jamais? L'homme, passager éphémère sur cette terre, marche escorté par le malheur, souvent invisible, mais toujours présent, dont la main cruelle peut s'abattre à chaque seconde.

Lorsque le vicomte d'Haublé débarqua à la Havane, après une heureuse traversée, une épidémie de fièvre jaune venait d'éclater avec une grande violence. La brillante capitale de la « Reine des Antilles » avait perdu son riant aspect habituel. Les rues étaient mornes et les promenades solitaires. On eût dit que l'ange de la mort avait jeté un voile de deuil sur la cité.

En rade, les bâtiments de commerce se hâtaient de faire leur chargement, afin de quitter, au plus vite, une terre livrée au fléau pestilentiel ; et, comme un contraste, jamais la nature n'avait semblé plus belle, la végétation plus luxuriante, le soleil plus radieux. De même que ce grand homme de l'antiquité qui, condamné au suprême supplice, se couronnait de roses, dans un banquet funèbre, avant de se livrer au bourreau, la Havane portait son front de verdure, à l'ombre de ses palmistes et de ses cocotiers.

La situation que Marcel venait chercher n'était plus vacante. Quand la fortune adverse fait sentir ses rigueurs, il est rare qu'elle les épuise toutes en une seule fois. Il y a, dans la vie, des séries comme au jeu ; la boule noire peut sortir longtemps.

Rien ne retenait à la Havane M. d'Haublé,

et il se décida à repartir avec le capitaine Gomez, dont le paquebot remontait à bref délai à New-York. Sans être malade, il subissait l'influence de l'air délétère et de la chaleur torride. Ce fut avec joie qu'il vit ever l'ancre, pour sortir de la rade, et qu'il se retrouva en mer.

Mais, en temps d'épidémie, on emporte avec soi le germe fatal. Le lendemain matin, Marcel subissait une attaque presque foudroyante de l'affection terrible.

Malgré les douleurs atroces, malgré les angoisses de la mort, dont il apercevait la silhouette lugubre lui faisant signe, car la lucidité demeure entière dans la fièvre jaune et on a conscience de son état, le malheureux s'oubliait lui-même pour penser à Paule. Qu'allait-elle devenir ? Ah ! l'expiation était complète et le châtiment terrible. Encore quelques heures, et il ne resterait plus rien de lui, que la mémoire d'un homme ayant été bien coupable. Plus il aimait celle que l'amour avait faite sa complice, et plus il avait, à cette minute effroyable, le remords de sa passion qui ne pouvait plus rien pour elle.

D'une voix qui s'affaiblissait à chaque spasme de son corps torturé, il suppliait Gomez de ne pas abandonner Paule, de l'aider de ses conseils, de la soutenir de son amitié ; et c'était un spectacle navrant que celui de cet agonisant, réduit à léguer sa bien-aimée à un étranger, dont la pitié douteuse devenait le seul espoir auquel il pût se rattacher.

Mais le mal marchait d'une telle vitesse, que le dénouement ne pouvait tarder. Une dernière convulsion, et l'infortuné jeune homme fut emporté, mourant ainsi loin de toute affection, n'ayant même pas auprès de lui une main aimée pour lui fermer les yeux.

C'était là le terme fatal d'un mariage d'argent et d'un amour criminel : l'isolement dans l'agonie et, comme dernière pensée, Paule abandonnée sur une terre étrangère, sans un appui, sans un lendemain assuré.

Avec le stoïcisme de sa dure profession, le capitaine Gomez avait assisté aux derniers moments de son passager. Maintenant, il devait obéir à son devoir qui lui défendait de garder à bord, jusqu'à New-York, le corps du pauvre Français.

La mer, gigantesque fosse commune, allait recevoir la dépouille terrestre du vicomte d'Haublé; une phrase brève, inscrite sur le journal du paquebot, serait son acte de décès.

Dans la zone tropicale, les obsèques sont

forcément rapides. Marcel était mort au lever du soleil ; on décida qu'il serait jeté à la mer avant que la nuit eût étendu ses voiles. Un nouveau jour ne pouvait, sans danger pour la santé de tous, éclairer ses restes.

La cloche du bord venait de frapper les coups qui marquaient cinq heures du soir, lorsque le capitaine Gomez fit procéder à l'immersion. Comme il n'y avait pas de prêtre à bord, la cérémonie fut privée de toute intervention religieuse.

Ne semble-t-il pas que la séparation est plus complète encore dans ces circonstances, entre les vivants et le mort ? A terre, la place où il dort l'éternel sommeil est marquée par un signe quelconque. Ceux qui l'ont connu, ceux qui l'ont aimé, peuvent venir là évoquer son souvenir, et prier sur ce sol dans lequel il est caché.

Mais en mer, il est séparé de l'humanité, jeté dans un élément où l'homme n'existe pas. On dirait que ce fils de notre race est livré en holocauste aux monstres marins.

La triste cérémonie eut lieu dans le faux-pont. Tous les passagers et tout l'équipage y assistaient, dans un respectueux silence. Des femmes s'étaient agenouillées et priaient. Chacun était ému par la simplicité même de cette scène dramatique ; chacun pensait à la brièveté de la vie humaine, au néant de toutes choses ici-bas. Sur cette mer qui parle tant à l'âme, qu'est-ce qu'un homme ? Dieu seul est grand et chaque mugissement de la vague crie notre faiblesse.

Sur une planche savonnée au préalable, le corps avait été étendu, les pieds en avant. Des deux côtés se tenaient des matelots qui le portaient, tandis qu'un autre était prêt à ouvrir le sabord.

Quand tout fut disposé, le capitaine fit un signe. Le sabord s'ouvrit et les marins se préparèrent à incliner la planche. Le capitaine Gomez se découvrit, chacun l'imita, la planche fut penchée en avant et le corps, auquel on avait attaché un lourd boulet, descendit sans bruit dans l'abîme.

« Pour l'éternité ! » dit Gomez ; et les assistants répétèrent ! « Pour l'éternité ».

Pas un autre mot n'avait été échangé, tout avait été silencieux et solennel comme la mort elle-même.

Lorsqu'il remonta sur le pont, le capitaine aperçut les phares de l'entrée de Charlestown, et il se rendit compte ainsi de l'endroit exact où il avait jeté à la mer la victime de la fièvre jaune.

Puis il se mit à arpenter la dunette d'un

pas moins calme que d'habitude. L'idée de
son arrivée à New-York le peinait. Comment annoncerait-il à la jeune Française
la terrible nouvelle ?

Elle la reçut avec un courage dont il fut
surpris, avec un calme qui le trompa sur
l'état de l'âme de Paule. Peut-être se figurat-il qu'elle aimait moins celui qui venait
de mourir qu'il ne l'avait cru. Pas une
larme ! Rien qu'une contraction nerveuse
de la bouche et une pâleur mortelle du visage.

Cette attitude étrange surprenait Gomez.
Il n'avait pas une finesse suffisante pour
comprendre ce qui se passait dans l'esprit de la jeune femme. Il la crut capable
de se consoler, alors que simplement elle
élevait son cœur à la hauteur de son
effroyable malheur.

Cette impression s'accrut chez le capitaine, quand Paule lui demanda de l'emmener à son bord, dans son premier voyage à la Havane. Elle lui dit que les États-Unis lui rappelaient de trop cruels souvenirs, et qu'elle préférait chercher à arranger sa vie dans la colonie espagnole, dont les mœurs et les habitudes ressemblent aux nôtres, plus que celles de la race anglo-saxonne.

Gomez ne fit aucune objection ; il approuvait, et il embarqua la jeune femme parmi ses passagères ; de même qu'il jugea toute simple sa demande de la prévenir, quand le paquebot se trouverait à l'endroit précis où Marcel avait été jeté à la mer. Elle voulait, dit-elle, s'agenouiller et prier pour le repos de son âme.

Pour le capitaine espagnol, ayant la piété superstitieuse de sa nation, il y avait là une pensée naturelle. Il promit de l'avertir et il lui annonça que ce serait sans doute vers minuit.

Dès qu'il fit nuit, elle attendit sur le pont, enveloppée dans un grand manteau, muette et farouche !

A l'heure indiquée à peu près, Gomez examina à la boussole la direction où il voyait le phare de Charlestown.

— « C'est ici, » fit-il. Et s'approchant de Paule, il le lui dit, en l'exhortant au courage. Elle répondit oui, d'un signe de tête. Puis, d'un geste lent et doux, elle lui prit la main et la lui serra.

Alors elle se prosterna, les mains jointes, et se mit à prier éperdument. Le capitaine, tête nue, la contemplait avec une compassion respectueuse.

Soudain, avant qu'il pût se douter de son projet, sans articuler un seul mot, sans pousser un cri, elle bondit et se lança à la mer.

Au moment où l'eau la couvrit, elle appela « Marcel ». Puis l'abîme se referma.

Pendant de longues heures, une embarcation, mise à la mer aussitôt, la chercha en vain. L'océan ne rendit pas sa proie.

La mort avait été silencieuse ; et les deux amants étaient engloutis à jamais, comme enveloppés par le même linceul, dans les mêmes flots de la mer immense.

FIN

TABLE

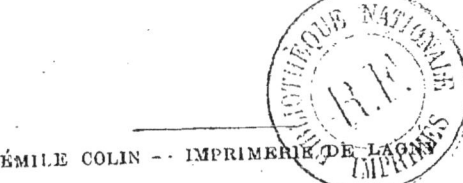

ÉMILE COLIN -- IMPRIMERIE DE LAGNY

AUTEURS CÉLÈBRES
à 60 centimes le volume.
En jolie reliure spéciale à la collection 1 fr. le volume.
Envoi franco contre mandat ou timbres-poste.
CHAQUE OUVRAGE EST COMPLET EN UN VOLUME

AVIS DE L'ÉDITEUR

Le but de la collection des *Auteurs célèbres*, à **60** centimes le volume, est de mettre entre toutes les mains de bonnes éditions des meilleurs écrivains modernes et contemporains.

Sous un format commode et pouvant en même temps tenir une belle place dans toute bibliothèque, il paraît chaque quinzaine un volume.

CHAQUE OUVRAGE EST COMPLET EN UN VOLUME

En jolie reliure spéciale à la c⟨...⟩ le

(ENVOI FRANCO CONTRE MA⟨...⟩ ⟨...⟩BRES-POSTE)

PARIS — IMPRIMERIE E. FL⟨...⟩ ⟨...⟩ RACINE, 26.